edition suhrkamp 2092

W0095305

»Soll ich Ihnen eine Geschichte erzählen? Wenn Sie mich zum Essen einlüden... Hier, genau hier, wir sind schon da. Vorsicht, stolpern Sie nicht, ich sage Ihnen, das kann böse Folgen haben. Dazu könnte ich Ihnen einiges erzählen. Ja, wenn Sie sich, setzen Sie sich doch, wenn Sie sich entschließen könnten, eine Weile zuzuhören...« Katharina Hacker nimmt in den sieben Geschichten dieses Bandes Motive aus der griechischen Antike auf und stellt sie in unerwartete Zusammenhänge. Tradiertes und Neues stehen gegeneinander, vermischen sich, bilden neue Bedeutungsschichten. Sisyphos, der einen Stein durch sein Hotelzimmer rollt, Ariadne am Strand, Morpheus, Sohn Hypnos', des Schlafes, bilden die Personage der Erzählungen, ebenso Minotaurus in doppelter Gestalt, Elpenor, Mnemon und Charon, der Menschen auf Fahrrädern und in Autos hinterhersieht.

Katharina Hacker, geboren 1967 in Frankfurt, studierte Philosophie, Geschichte und Judaistik in Freiburg und Jerusalem. Sie lebt in Berlin. 1997 erschien von ihr »Tel Aviv. Eine Stadterzählung« (es 2008).

Katharina Hacker
Morpheus oder
Der Schnabelschuh

Suhrkamp

edition suhrkamp 2092
Erste Auflage 1998
© Suhrkamp Verlag Frankfurt am Main 1998
Erstausgabe
Alle Rechte vorbehalten, insbesondere das
der Übersetzung, des öffentlichen Vortrags
sowie der Übertragung durch Rundfunk und Fernsehen,
auch einzelner Teile.
Satz: Jung Satzcentrum, Lahnau
Druck: Nomos Verlagsgesellschaft, Baden-Baden
Umschlag gestaltet nach einem Konzept
von Willy Fleckhaus: Rolf Staudt
Printed in Germany

1 2 3 4 5 6 – 02 01 00 99 98

Inhalt

Elpenor

Schon wieder.

Was ich damit sagen will? Was werde ich schon sagen wollen: Es ist immer das gleiche. Und es wird nicht aufhören. Sie werden nicht einmal der letzte sein.

Der letzte was? Der Letzte, der mich schubst, der mich aufweckt, der nichts Besseres zu tun hat, als blindlings gerade dahin zu trampeln, wo ich sitze. Als wäre die Welt nicht groß genug. Als gäbe es nicht genug Leute, die man anrempeln und wecken kann. Jetzt stoßen Sie wenigstens nicht auch noch meine Weinflasche um. Ich hätte genug? Woher wollen Sie das denn bitte wissen? Ins Grab trinken? Ha, das versuche ich seit zweitausendfünfhundert Jahren. Nein, schon gut, ich habe nichts gesagt. Und Sie haben es doch sicher eilig. Ich meine, Sie werden doch wohl nicht zum Vergnügen am Bahnhof sein. Nicht gekommen? Wollten jemanden abholen, und ist nicht angekommen? Na, dann gehen Sie doch nach Hause.

Mir ist keine Laus über die Leber gelaufen. Erstens halte ich es für unwahrscheinlich, daß ich eine Leber habe. Zweitens hält Ungeziefer sich von mir fern. Die haben eine gute Nase, die Läuse meine ich, Flöhe auch, genauso wie die Hunde. Der Schäferhund da, bei dem Polizisten, ist neulich fast auf mich draufgeklettert, als ich schlief. Hat mit den Pfoten gezuckt und gescharrt, und als ich hochschreckte, fing er an zu jaulen, als hätte

sich der Erdboden aufgetan. Sie hätten die Visage von
dem Polizisten sehen sollen! Schreit den Köter an und
tritt ihm in die Rippen, daß der einen Meter weg-
schleudert und quiekt wie eines von Kirkes Schweinen.
Das Geräusch – und beim Aufwachen! – widerlich.
Mußte mich schleunigst davonmachen, sonst wäre ich
dran gewesen. Mit dem Quieken in den Ohren. Man
denkt, die Zeit vergeht, hofft immer auf ein bißchen
Abwechslung, aber nein. Immer wieder die gleichen
Visagen und die gleichen Geräusche und Unannehm-
lichkeiten. Immer dasselbe mit den Hunden; erst sehen
sie mich nicht, und dann riechen sie, daß ich längst von
der Erdoberfläche verschwunden sein sollte. Quieken!
Dabei war es kein Schwein, sondern ein Hund. Und
hastige Aufbrüche, aus dem Schlaf schrecken und aufbrechen. Es ist, als würde jeder mit ein paar Unan-
nehmlichkeiten geboren, die zu ihm gehören wie sein
eigenes Gesicht, mit einem Mißgeschick, das eigens für
ihn erfunden ist: dann ist alles erledigt, und das Mißgeschick wiederholt sich, solange einem die Haare wachsen. Hastige Aufbrüche, aus dem Schlaf schrecken! Ich
weiß, was das ist!
Dabei glaubte ich, ein ruhiges Eckchen gefunden zu
haben. Vor ein paar Tagen der Bulle mit seinem Köter,
und jetzt Sie. Nun seien Sie nicht gleich beleidigt! Verstehen eh nicht, was ich mir zusammenrede? Und
wieso Kirke? Ist mir bloß eingefallen, eine Erinnerung, ein Einfall eben. Unsympathisches Wort übrigens. Man sieht die feindlichen Truppen vor sich, womöglich nachts, im Hinterhalt. Womöglich Schatten.
Schatten, die nach Blut gieren. Plötzlicher Lärm, die

Rufe. Fürchterlich. Sehen Sie den dort drüben? Er hat einen bösen Husten, behauptet, es sei kalt, ja, der mit der Pappe. Er schnallt sich ein großes Stück Pappe vor die Brust, gegen die Zugluft. Gestern hat er wohl auf einer Baustelle geschlafen, kam jedenfalls mit einem weißen Bauhelm im Arm, guckte so erstaunt, als hätte jemand ihm eine riesige Kaffeetasse in die Hand gedrückt oder einen Eimer, beugte sich darüber, als wollte er kotzen, hat nicht gekotzt, woher auch. Nachts wacht er manchmal auf und brüllt laut: Katerlieschen! Jedesmal schrecke ich davon hoch. Kalt ist es, murmelt er immer und zittert noch im Sommer. Wahrscheinlich liegt es am Schnaps. Ich? Nie! All diese blassen oder durchsichtigen Flüssigkeiten sind eine zweifelhafte Sache. Katerlieschen! Aber die guten Ecken sind rar, vor allem im Winter, der Winter zwingt einem entsetzliche Geselligkeit auf, alle kriechen in dieselben warmen Ecken, lassen sich von den Zügen oben und unten schütteln, streiten sich um die Plätze auf den Luftschächten. Nichts schützt einen vor den Gewohnheiten der anderen. Davor, daß einer sich mit der Hand am Rücken kratzt und dabei leise summt. Sie sehen, wie die Hand sich hebt, und wissen schon: gleich fängt er an zu summen. Das Schreckliche ist, was man schon weiß, und vor der Wiederholung schützt es einen nicht, und alles schabt die Schädelknochen blank, die Augenlider fehlen, die Ohren sind aus Glas.
Wenn Sie ahnten, wer sich da einfindet! Katerlieschen! Die Wörter und Stimmen hängen sich einem an die Fersen wie hungrige Katzen und schmeicheln, und mit

ihren Krallen zerkratzen sie die Haut. Zehnmal versucht man, sie zu ertränken, und elfmal strolchen sie durch den Kopf, Namen und Wörter ohne Herkunft, irgendwo hängt immer ein Gedanken daran wie Hautfetzen. Bliebe man wenigstens im Schlaf unbelästigt. Sehen Sie, jetzt ist die Flasche leer. Haben Sie wohl einen Korkenzieher? Nicht einmal das? Mein Gott. Hören Sie, wenn Sie hier eh rumstehen, dann kaufen Sie doch da drüben in dem Laden einen! Der Wein geht auf meine Rechnung. Keine Sorge, das ist nicht irgendein Fusel. Wird mir immer geklaut. Früher hatte ich eine ganze Sammlung, Korkenzieher, meine ich. Als ich noch mit einem Karren herumgelaufen bin. Es hat Vorteile; Decken, ein paar Bücher vielleicht. Andererseits wird man so leicht schmutzig. Schade um den Anzug. Muß sowieso oft in die Reinigung. Und dann wird man gefragt, ob man Arbeit sucht, mit einem Karren, meine ich. Einkäufe transportieren. Kohle. Friedhofserde. Es ist unsäglich. Schließlich habe ich den Karren irgendwo stehengelassen. Wollte ihn erst im Wasser versenken, noch lieber von irgendeinem Dach hinunterrollen. Der Aufschlag, dachte ich, könnte mich freuen, die zerschmetterte Achse. Ein kleines, unschuldiges Vergnügen. Dann habe es doch gelassen. Ich vermeide Aufsehen. Die Korkenzieher habe ich vergessen. Sie waren in einem kleinen Säckchen aus grauem Wildleder. Fünf Korkenzieher. Die Becher habe ich zum Glück mitgenommen, sehen Sie? Zwei kleine Goldbecher. Angst? Nein, keiner glaubt, daß sie echt sind. Den Karren habe ich wiedergesehen; es hatte ihn einer entdeckt und mitgenommen. Ist tot inzwischen, entweder die Leber oder die Lunge. Immer dasselbe, Organe sind langweilig. Kaufen Sie nun einen Korkenzieher oder nicht?

Das hat aber lange gedauert. Sie haben doch nichts dagegen, wenn ich ihn behalte? Natürlich, aber ich habe ihn gestern verloren; in der einen Hand die Flasche, in der anderen den Becher und die Decke, man verliert leicht den Überblick, und drum herum all diese hastigen Leute, laufen, stolpern, man möchte sie warnen, wohin? möchte man ihnen zurufen, man kann gar nicht so klein dasitzen, daß sie einen nicht stoßen würden, nicht so hastig, möchte ich rufen, ihr könnt euch den Hals brechen. Aber das kümmert sie nicht. Wieso auch? Sie ahnen ja nicht, wie unangenehm das ist; ein Knacken dicht hinterm Kopf, ein böswilliges Knacken, und Himmel und Erde bekommen einen Sprung. Oh, nur ein Sprung, nicht anders als ein Teller, der in zwei Hälften zerbricht, nicht schlimm, sagen Sie sich, auch von den Tellerhälften kann man essen, nicht schlimm, sagen Sie laut und sehen zu spät, daß die Suppe ausläuft, der Löffel ist zu langsam, da geben Sie den Löffel ab. Dann sind Sie tot, wie der mit seiner Lunge, seiner Leber, eintönig die Organe. Nur das Ungeziefer langweilt sich nicht, und ich langweile mich nicht mehr, denn schließlich vergeht einem selbst die Langeweile. Wozu die Hast? möchte man rufen, auch ihr werdet euch den Hals noch brechen, und preßt sich dichter an die Wand. Zweirädrig war der Karren, und manchmal ist es hübsch, wenn Dinge entzwei gehen, absichtlich, erwartet, ein präzises Geräusch, das die kleinen Gesetzmäßigkeiten bestätigt.

Gut, sagen Sie? Das will ich meinen; wenn so vieles lästig ist, dann sollte man sich vor schlechtem Wein in acht nehmen. Die anderen haben schließlich nicht mehr als ein paar Jahre vor sich, lassen Sie es Jahrzehnte sein – nicht, daß ich es noch bemerken würde. Jahrzehnte vergehen mir längst wie Monate, und spürbar bleiben nur die Jahreszeiten, Sommer, Winter, man schwitzt, schüttelt sich vor Kälte, und wenn man auf der Straße lebt, vergißt sich das nicht leicht. Übrig bleiben Tag und Nacht, ein hartnäckiges Ärgernis. Übrig bleiben immer die Nächte, die Nächte und der Schlaf. Der Schlaf und das Erwachen. Der Schlaf und die Träume und das Erwachen. Es ist eine Zumutung. Schlaf, der erquickende Schlaf – eine dieser boshaften Lügen, die Homer sich ausgedacht hat, und alle reden sie es ihm nach. Sie lachen? Hörten Sie, wie sich seit zweitausendfünfhundert Jahren die immer selbe Lüge wiederholt, dann wäre das Lachen auch Ihnen vergangen. Wovon ich spreche? Und wohltuend das Schlafen, die Träume? »Ihm fiel ein tiefer Schlaf auf die Augenlider, ein unerwecklicher, ganz süßer, dem Tode am nächsten gleichend ... da schlief er nun ruhig, vergessend alles, was er gelitten hatte« – leere Behauptungen, die Sie nachplappern! Trinken Sie meinetwegen auf diese Lüge! Ich trinke, damit ich es nicht spüren muß, wenn morgens die ersten Schritte schlingern, weil man zwischen Schlaf und Wachsein herumirrt, als hätte man im Hagelschlag die Schuhe verloren oder müßte auf losen Vogelschnäbeln barfuß gehen, spitze Vogelschnäbel, an denen Blutströpfchen hängen und an einem Blutstropfen das ganze Schattenreich. O nein, noch bin ich nicht betrunken. Ich könnte Ihnen einiges erzählen. Immerhin ist das ein Vorteil, wenn man auf der Straße nächtigt: daß man mit den Schuhen schläft. Die Füße sind schon schlimm genug; aber morgens als erstes diese aufdringliche Blöße nackter Füße? Jedesmal, wenn Sie die Augen aufschlagen, sehen Sie in einer gewissen Entfernung zwei gleich aussehende Figuren, bei denen es sich unweigerlich um Ihre Füße handelt. Vielleicht sind Sie noch schlaftrunken und können sie nicht bewegen, aber sie sind schon im Blickfeld. Eine kleine, widerwärtige Entmutigung, die durch die Zehen vervielfacht wird. Bewegliche Fußzehen in solcher Entfernung! Was zu einem gehören will, soll sich in gehöriger Nähe aufhalten. Immer habe ich die Schatten darum beneidet. Eintönig sind Lunge und Leber, aber es ist der Körper, der einem die Bilder und Erinnerungen aufnötigt. Haben Sie nie erwogen, Schnabelschuhe zu tragen? Wenn Sie wollen, werde ich Ihnen von Morpheus erzählen. Vielleicht laden Sie mich zum Essen ein? Ich wüßte ein paar Geschichten.

O nein, daß Sie mich nicht mit Eintopf abspeisen können, müssen Sie sich doch gleich gedacht haben. Wo ich sonst esse? In der Suppenküche jedenfalls nicht. Schließlich habe ich meine letzte Mahlzeit bei Kirke eingenommen, eine hervorragende Küche, glauben Sie mir. Es war ein Fehler aufzuwachen. Wenn ich heute aufwache, liege ich eine Weile still da und behalte die Füße im Auge, sobald ich die Augen geöffnet habe. Und das zögere ich hinaus, presse die Augen sogleich mit aller Kraft wieder zu und so schnell, als müßte ich ein sehr kleines, seltenes Tier fangen, dieser Moment des täuschenden Leichtsinns. Sehen Sie den Mann dort drüben? Er hat sich das Bein gebrochen. Es sei das Ungeziefer gewesen, hat er gesagt. Hat sich gekratzt, die Flöhe weggekratzt, ist hastig aufgesprungen und gestürzt, die Flöhe mit ihm mit und mit ins Krankenhaus. Im Krankenhaus hat man ihn gebadet, da sind die Flöhe ertrunken. Jetzt kratzt er sich schon wieder, die Flöhe sitzen auf den Hautfetzen und segeln davon, und er wird humpeln bis an sein Ende. Wärest besser liegen geblieben, habe ich bei mir gedacht. Es ist alles Täuschung. Sollen die anderen sich daran gewöhnen, wenn sie es möchten – ich werde es nicht tun. Eine ganze Nacht versinken Sie im Schlaf und wachen morgens auf, wollen schon aufspringen und sollen wissen, daß Sie derselbe sind. Ich traue dem nicht mehr. Wohltuend der Schlaf, die Träume? Wer würde es denn dulden, daß man ihn Stunden zwingt, sich Bilderbücher anzuschauen? Ein langer Aufmarsch von Bildern ohne Ende. Eine Karawane, die Sie mitschleppt, ohne Rücksicht auf Zeit und Ort und Ihren Namen. Wachen dann auf, das ist, als ließe man Sie umherirren und sagte plötzlich, Sie hätten sich nie vom Fleck gerührt, zwingt Sie zu reisen und höhnt dann, wenn Sie in Ihrem Bett erwachen, heftet die Bilder fest vor Ihre Augen, Personen, die Sie nicht zu sehen wünschen, Ansichtskarten ohne Ende. Ich sage Ihnen, es sind die Schatten. Haben Sie je versucht, sich Ihres Schattens zu entledigen? Es sind die Schatten und ihre Namen. Die Namen sind der Fluch, lästig wie Zecken oder die Passanten, die einen anrempeln, trinken Blut wie die Schatten, haften am Gehirn und stören einen immer wieder auf. Erinnern Sie sich? – die Schatten trinken Blut! Und was den Lebenden der Körper ist, sind den Schatten die Namen. Laden Sie mich nun zum Essen ein oder nicht? Gut, ich rauche nur die Zigarette zu Ende. Der Kopf ist ein Tummelplatz, diese Bahnhofshalle ist nichts dagegen, erst ein boshaftes Durcheinander und lautes Geschrei, und dann stellen sie sich ordentlich hintereinander auf, warten, die Hände hinterm Rücken verschränkt, und zischeln dabei. Ich meine die Bilder – ist Ihnen das nicht aufgefallen? Sie können das nicht wissen, aber es gibt sie wirklich. Setzen sich in Köpfen fest, und wem es mißlingt, der macht sich selber auf den Weg. Neulich bin ich Charon begegnet, dem Fährmann. Er war schlecht gelaunt. Ja, der Husten ist unangenehm, aber auf das Rauchen wollte ich nicht verzichten. All die langen Tage. Das Husten wegen des Rauchens, und das Rauchen des Rauches wegen, für seine langsamen Bewegungen, die zu jedem Luftzug tanzen müssen, bevor sie sich in nichts auflösen. Ich habe Charon geraten, er solle zu rauchen anfangen. Schauen Sie doch, die beiden Wachleute, die sich Katerlieschen vornehmen. Armer Kerl. Obwohl ich nichts gegen eine ruhigere Nacht einzuwenden hätte. Ich wollte ihm neulich von Daedalus erzählen, aber es hat ihn nicht interessiert, obwohl er früher selbst Architekt war. Ja, Daedalus hat das Labyrinth erbaut; Minos hat ihm den Auftrag gegeben. Minos hatte immer große Macht, worum man ihn kaum beneiden wird; König von Kreta, das geht noch an – aber Richter im Totenreich?

Das ist übrigens der Vorteil, wenn man gut gekleidet ist

– die Polizisten und Wachleute sind etwas höflicher. Gehen wir jetzt essen? Den Wein nehmen wir mit. Geben Sie zu, daß er vorzüglich ist. Das macht nichts, man kennt mich dort. Wo sollte ich denn sonst leben, in einer Wohnung etwa? Hören Sie, das ist nicht komisch. Vielleicht einen Mietvertrag für die nächsten zweitausendfünfhundert Jahre abschließen? Außerdem vertrage ich es schlecht, Wände vor Augen zu haben. Entweder Sie hängen Bilder auf, dann haben Sie die Bilder vor den Augen, als reichte nicht, was sich an Bildern im Kopf herumtreibt. Oder Sie starren die Wände an und sind ganz ohne Ablenkung und müssen fürchten, geradezu zu hören, was sich unter der Schädeldecke abspielt. Ich kannte einen Mann, der als Mnemon arbeitete. Ein Mnemon? Wenn Sie so wollen, ist er ein lebendes Archiv. Was Sie ihm sagen, merkt er sich, Gerichtsentscheide, Transaktionen jeder Art, all das, was Sie sich vom Notar beglaubigen ließen. Ja, ein seltsamer Beruf, es nimmt nicht Wunder, daß er verrückt geworden ist. Warten Sie, wenn wir beim Essen sitzen, erzähle ich es Ihnen.

Jedenfalls würde mir in einer Wohnung der Boden fehlen, auf dem ich mich wohl fühle, der Asphalt, für den ich eine Schwäche habe. Die Spuren, Tabakkrümel, Spucke, unzählige Schuhsohlen und Schritte, ein Tropfen Blut und alles, was Passanten weggeworfen haben, Zigarettenstummel, Zettel, Fahrscheine, immer wieder gereinigt wie eine Wachstafel, freigegeben zu weiterem Gebrauch, gerade so wie unser Kopf. Ich sage Ihnen, die Namen, die Schatten, man wird sie nicht los. Die Namen sind die Körper der Schatten, und sie sind nicht weniger rüde als ein beliebiger Passant, der es eilig hat. Solch eine verborgene Ecke gibt es nicht, als daß sie einen nicht anrempeln würden. Hades wußte das, fragen Sie Sisyphos, er war neulich hier, kam mit dem Zug aus Paris, schleppte seinen lächerlichen Stein mit sich herum, melancholisch, beleidigt. Denn die Schatten selbst sind gegen Namen unempfindlich; daß er Sisyphos heißt, trifft ihn nicht mehr. Aber daß er dieses Steinchen bei sich tragen muß, das trifft ihn hart. Trifft ihn, wie mich Homers Lüge trifft. Ein Detail nur, eine Kleinigkeit, und alles beginnt wieder von vorn, nicht genauso wie vordem, aber von vorn, eine andere Geschichte mit denselben Namen, Traum oder Alptraum, den man ungewollt vor Augen hat. Wirr, was ich sage? Das mag sein.

Die Wiederholung ist listig, will ich sagen. Sie nimmt es nicht genau, solange sie nur siegt. Daß Ariadne ihr entgeht, weil die Götter sie als Stern – Stern am Himmel oder tot, das gibt sich nicht viel – ihrer Macht entzogen, stört die Wiederholung nicht, denn immer wird es eine Frau geben, die Ariadne ist. Bei mir dagegen ist das Spiel verloren, und vielleicht haben sich deshalb die anderen Geschichten in meinem Kopf festgesetzt. Elpenor kennt kaum einer, und daß ich auf Kirkes Insel, als Odysseus zum Aufbruch rief, betrunken vom Dach gestürzt bin, mir den Hals brach, kümmert keinen, nicht einmal die Götter. Denn als Odysseus, wie Kirke ihm geraten hatte, ins Totenreich rudern ließ, was glauben Sie, wen er zuerst antraf? Die Toten reisen schneller, ich hatte schon tagelang gewartet. Begrabt mich, bat ich Odysseus, daß die Götter euch nicht strafen, und er versprach es mir. Ich sage Ihnen: er hat mich nicht begraben, die Götter haben ihn nicht gestraft, und Homer hat gelogen. Seitdem irre ich umher, nicht wirklich Mensch, nicht Schatten. Immerhin hält sich das Ungeziefer fern, und Wein kann ich noch trinken, die Ritzen der Kacheln dort im Bahnhof schlängeln sich wie Regenwürmer, man soll nicht darauf treten, die Ritzen kriechen in andere Richtungen davon, wenn einer Katerlieschen! ruft, das ist wohl Kurzweil. Besser jedenfalls, als jeden Morgen nackte Füße sehen, aufzuwachen, ohne daß jemandes Gruß mir sagt, wer ich noch immer bin. Hören Sie? Ich werde es nie begreifen. In jeder Nacht der Schlaf, in jedem Schlaf die Träume, man würde es nie dulden, so viele Bilder ungefragt ansehen zu müssen, und laden Sie mich zum Essen ein, dann werde ich Ihnen ein paar Geschichten erzählen und die Zeit vertreiben. Die Namen sind die Körper der Schatten, wußten Sie das? Man kommt nicht drum herum, und wo man sie nicht sehen will, da hasten sie vorbei und stoßen einen an. Ziehen Sie nur den Kopf ein – das hilft nicht viel. Katerlieschen! Die Schatten quellen auf, sie huschen mager in die kleinsten Zwischenräume, und ihre Namen stoßen Sie, bevor Sie sich versehen haben. Man kommt nicht umhin, sage ich mir; so wie man morgens aufwacht, wohl zweifeln mag, wer man denn sei, sieht seine Füße, immer gleiche Figuren in einer Entfernung, die den Zusammenhang doch bedenklich macht, und die Namen hängen sich einem an die Fersen wie hungrige Katzen. Erst ein boshaftes Durcheinander und lautes Geschrei, und dann stellen sie sich ordentlich hintereinander auf, warten, indem sie die Hände hinterm Rücken verschränken, und wehe, es versucht einer sich vorzudrängeln, das gibt ein Gezischel!

Jetzt sind wir da. Habe ich Sie verwirrt?

Sie gehen? Aber Sie wollten mich doch zum Essen...
Das können Sie mir nicht im Ernst vorwerfen. Nicht nett, gar nicht nett. Ich wollte Ihnen doch etwas erzählen.

Gut, dann eben nicht. Dann erzähle ich es jemand anderem. Aber ich sage Ihnen, sie hasten vorbei, sie rempeln einen an mit ihren Namen, sie wachen nachts auf und rufen Katerlieschen! man entgeht ihnen nicht. Haben Sie nicht von Elpenor gehört? Er hat sich auf Kirkes Insel das Genick gebrochen, als plötzlich Odysseus zum Aufbruch rief, und als der mit seinen Gefährten in den Hades kam, da wartete schon Elpenor! Es ist wie bei Hase und Igel: sie sind immer schon da. Sie wollen nicht? ah, immerhin zögern Sie. Hören Sie, Homer hat gelogen. Er war betrunken, das gebe ich zu, er hat sich das Genick gebrochen, weil er aufgewacht und aufgesprungen ist, die Treppe vergessen hat und geradewegs zu ihnen laufen wollte, ohne zu beachten, daß er auf dem Dach eingeschlafen war, wirklich bedauerlich – aber sie haben ihn nicht begraben. Soll ich Ihnen eine Geschichte erzählen? Wenn Sie mich zum Essen einlüden... Hier, genau hier, wir sind schon da.

Sisyphos

Aus dem einzigen Zimmer im Erdgeschoß hört man Schritte. Unregelmäßige Schritte. Man hört Schritte und ein Aufseufzen. Etwas schrammt gegen die Wände. Vielleicht verrückt jemand Möbel.

Niemand hat gesehen, wer in dieses Zimmer gegangen ist, wer es abgeschlossen hat, nicht einmal der Concierge kann diesen Gast beschreiben. Immer fehlt der Schlüssel, hängt niemals am Schlüsselbrett. Wer ist das? fragt der Hotelier den Concierge. Ein seltsamer Name. Er hatte sehr viel Gepäck, erwidert der Concierge. Es schien sehr schwer zu sein.

Aber hin und wieder muß er hinausgehen, sagt der Hotelier und richtet sich darauf ein zu warten.

Gegen fünf Uhr hört man das Schloß, hört die Tür und Schritte auf dem Flur. Ein großer, kräftiger Mann kommt heraus, er trägt einen dunklen Anzug, höflich nickt er Guten Tag. Der Hotelier springt auf, erleichtert und verlegen, da er einen weniger soignierten Gast erwartet hätte. Ich hoffe, Sie fühlen sich bei uns wohl. Oh, durchaus, antwortet der Gast, nur möchte ich, wenn es möglich ist, den Schlüssel gerne mitnehmen. Ich komme in einer Stunde wieder. Stumm nickt der Hotelier.

So geht das nicht, sagt er dem Conciergen, nachdem der Gast durch die Drehtür verschwunden ist. Wir müssen wissen, was für seltsame Geräusche er macht.

Ich warte, bis er zurückkommt, und frage ihn.

Sicher werden Sie verstehen, daß wir uns Gedanken machen. Vielleicht ist Ihnen die Anordnung der Möbel nicht bequem? Wir helfen Ihnen gerne, sie umzustellen.

Der Mann lächelt betrübt. Ah, Sie machen sich Sorgen um Ihr Zimmer. Zu Unrecht. Es ist nicht der echte Stein.

Wie bitte? fragt der Hotelier. Es ist nicht der Felsen, es ist nur ein mittelgroßer Stein, und weil er so leicht ist, weil kein Berg vorhanden ist, um ihn hinaufzurollen, deswegen stoße ich damit an die Wände und die Möbel, aber ich versichere Ihnen, daß kein Schaden entsteht, nicht einmal ein Kratzer wird zu sehen sein.

Wovon sprechen Sie? fragt der Hotelier beunruhigt.

Alles war gut, sagt der Mann nachdenklich, bis Orpheus erschien. Wir alle hatten uns an unsere Strafen gewöhnt.

Wir alle? Der Hotelier ist zunehmend verwirrt.

Ja, Tantalus zum Beispiel. Kennen Sie Ovid? unterbricht sich der Mann plötzlich.

Ich bitte Sie, gibt der Hotelier beleidigt zurück, ich habe studiert.

Dann wissen Sie es ja: Tantalus und Ixion und Tityos und die Danaiden. Und ich. Tantalus haschte nicht nach der weichenden Flut, und es stockte das Rad des Ixion; nicht mehr ward von den Geiern die Leber zerhackt; die Beliden – das sind die Danaiden – ließen die Urnen in Ruh. Er verstummt. Wissen Sie, es war Orpheus' Stimme. Oder es war die Musik. Er hatte ja seine Leier bei sich. Ein zartes Instrument. Denken Sie an das Flügelrauschen der Geier, an das Wasser, das Dröhnen des Felsens, der den Abhang hinunterrollt. Rührung? – eine voreilige Deutung. Und auch als Schatten sind wir höflich.

Der Hotelier geht nervös auf und ab. Ja, sehen Sie, als Gast des Hauses steht es Ihnen selbstredend frei, zu tun und zu lassen, was Ihnen beliebt... Solange Sie keinen Schaden anrichten, und das wollte ich Ihnen keinesfalls unterstellt haben.

Unauffällig weicht der Hotelier an den Tresen zurück. Vielleicht ist der Gast verrückt, das hat es schon gegeben, und gleich hat der Gast den Hotelier umgebracht, eine Beleidigung, eine eingebildete Beleidigung mit Todesfolge. Man bricht das Gespräch besser ab, und wenn er das nächste Mal das Hotel verläßt, dieser mühsame, melancholische Mensch, dann ist immer noch Zeit herauszufinden, was in dem Zimmer vor sich geht.

Zwei Tage später ist die Gelegenheit da. Der Concierge, angewiesen vom Hotelier, hält den zweiten Schlüssel in der Hand. Entschieden nickend nimmt der Hotelier den Schlüssel und nähert sich dem Zimmer des Gastes. Der Concierge hört, wie die Tür sich öffnet, nichts weiter.

Sehen Sie sich das an, in meinem Hotel!

Zögernd nähert sich der Concierge, schaut ins Zimmer, da reißt der Hotelier ihn zurück, stößt die Tür zu, schließt sie ab. Aber, stammelt der Concierge, da war doch gar nichts, nur ein großer Stein. Nur? ruft aufgebracht der Hotelier, nur ein großer Stein? Sind Sie nicht bei Trost?

Die Drehtür unterbricht sie, beide stehen starr.

Sie waren, sagt der melancholische Mann, also neugierig. Ich will es Ihnen nicht verübeln. Ich sage nicht, daß es mich nicht kränkt, aber ich will es niemandem verübeln. Sie haben ihn gesehen? Bilden Sie sich nicht ein, etwas verstanden zu haben; weder den Stein, geschweige denn diese Geschichte, geschweige denn die Musik und warum ich hier bin mit diesem lächerlichen Rest des Steins. Er hebt das Gesicht, zuckt mit den Achseln und verschwindet in seinem Zimmer.

Das kommt davon, fährt der Hotelier den Concierge an, erst hören Sie Gespenster, und dann können Sie nicht einmal aufpassen. Beleidigt wendet der Concierge sich ab.

Aber diesmal bleibt er drei Tage in seinem Zimmer; der Concierge muß dem Hotelier zu essen und zu trinken bringen. Die Geräusche scheinen leiser zu werden, wie erschöpft.

Der Gast hebt den Blick nicht und geht grußlos hinaus. Als er zurückkommt, wirft sich der Hotelier ihm in den Weg. Bitte, sagt er, bitte. Der Mann schaut ihn stumm an. Gut, seufzt der Hotelier. Erzählen Sie. Was war es für eine Musik?

Wir sahen ihn erst gar nicht, sagt der Mann. Aber es war seltsam. Man kommt nicht mit Musik dorthin. Ich war gerade unten, und bevor ich mich wieder daran machte, den Stein den Berg hinaufzurollen, sah ich mich um und in Charons Gesicht. Charon! Sie haben ja keine Ahnung. Es ist nicht so, daß man Angst vor ihm hätte. Angst! Angst hat eine Zeit und eine Aussicht auf Ende. Sein Gesicht ist Grauen ohne Zeit, gesichtsloses Grauen. Jede Ihrer Empfindungen ausgesaugt und tot. Ein Spiegel, in dem Sie Ihr Leben sehen, ohne Zeit und ohne Mitgefühl. Einen Augenblick dauert das, ein einziger Augenblick genügt für Ihr ganzes Leben. Nichts weiter als eine Anzahl von Sätzen und Ihr Name.

Ich sah Charons Gesicht. Er hatte den Kopf etwas gesenkt, es war nicht mehr darin als eine Spur Wehmut und sein eigenes Entsetzen darüber. Charon gerührt! Als ich mich gefangen hatte, bemerkte ich, daß die anderen reglos standen wie ich, und in seinem Kahn stand ein Mann auf und sang, hatte schon vorher gesungen, hat seit je gesungen, dachte ich, und jetzt, ja, beinahe hörten wir ihn, auch ich. Hörten ihn und hörten ihn nicht. Der Mann macht einen Schritt auf den Concierge zu, der sich hinter dem Tresen duckt. Dann dreht er sich um, und fast flieht er in sein Zimmer.

Sie Idiot! wütet der Hotelier, als die Zimmertür ins Schloß fiel. Was machen Sie überhaupt hier? Er verschwindet in sein Büro. Die Geräusche aus dem Zimmer klingen heftig.

Haben Sie angeboten, ihm Essen aufs Zimmer zu bringen? Sagen Sie, wofür bezahle ich Sie eigentlich?

Aber wir machen das nie, protestiert der Concierge, Sie haben mir untersagt...

Seien Sie ruhig, unterbricht ihn der Hotelier. Wissen Sie überhaupt, wer das ist?

Nein, sagt der Concierge beleidigt, und wer soll das sein? Der Hotelier verstummt. Sein brauner Anzug, der immer ein bißchen zu eng war, sitzt jetzt lose auf den Schultern. Er hat auf dem Ärmel einen Fleck.

Abends geht er nicht nach Hause, sondern schläft auf dem Sofa im Büro. Am Morgen trägt der Concierge die leere Flasche Rotwein hinaus.

Der Gast zeigt sich einige Tage lang nicht, und falls er das Zimmer verlassen haben sollte, so hat ihn keiner gesehen, nicht der Concierge und nicht der Hotelier, der sich schämt, wenn er den wenigen anderen Gästen mehrmals einen Guten Tag wünscht. Denn, sagt ein Gast zu seiner Frau, wenn der Hotelier immer im Eingang steht, dann kontrolliert er entweder seine Gäste und schnüffelt herum, oder er braucht keinen Concierge.

Endlich hält der Hotelier es nicht mehr aus und klopft an die Tür. Hinter der Tür wird es still. Aber er bekommt keine Antwort. Der Concierge sieht, wie er mit schweren Schritten in sein Büro zurückkehrt. Es wird jeden Tag so sein, sagt sich der Concierge, er wird jeden Tag an die Türe klopfen, und er wird keine Antwort erhalten, sagt sich der Concierge schadenfroh.

Er lauscht auf die Geräusche. Immer dieselben Geräusche, denkt er, das ist es, was der Hotelier glaubt. Er lauscht auf die Geräusche. Aber das stimmt nicht. Jedesmal, wenn er mit uns, denkt der Concierge, gesprochen hat, klangen sie ein bißchen anders. Erst aufgebracht. Als würde der Stein schneller hin- und hergerollt und heftiger gegen die Wände und den Schrank stoßen. Und etwas später klang es nachdenklich und zart, als würde er sich an etwas erinnern. Vielleicht erinnert er sich an die Musik, von der er gesprochen hat.

Ich möchte gerne, denkt der Concierge, diese Geräusche noch einmal hören. Wie schön es klang. Der Hotelier hat das nicht bemerkt. Es klang sehr schön. Der Concierge staubt mürrisch die Fächer für die Schlüssel ab. Unsere Gäste bekommen niemals Briefe, wir brauchen solche tiefen Fächer nicht, hat er dem Hotelier gesagt, der mit seinem dicken Finger in die hintersten Ecken fährt und bedeutsam niest.

So zart, vielleicht die Umkehrung dieses Gesichts, ein seltsamer Name, Charon, alles, was je ein Mensch gefühlt hat, ohne ein einziges Bild und für immer aufgehoben und versöhnt.

Der Concierge träumt. Und wenn sich die Tür öffnete? Während der Hotelier schläft? Wenn der Hotelier aufgibt, nicht wartet, und der seltsame Gast verläßt das Hotel mit seinem Stein, und niemals mehr...? Er lauscht. Und wieder schläft der Hotelier, der immer dünner wird.

Wie lang die Tage sind, zwei, drei, fünf Tage, erst am sechsten Tag geht der lange, traurige Gast unbemerkt fort, und als er zurückkommt, eilt er nicht in sein Zimmer, geht mit zögernden Schritten, als hoffte er aufgehalten zu werden, sieht den Kopf des Concierge schlafend auf dem Tresen und den Hotelier selbst eingeschlafen in einem Sessel. Als er die Tür seines Zimmers fast erreicht hat, hebt der Concierge seinen Kopf. Da! ruft er, da! Er geht! Der Hotelier schreckt hoch. Sie! sagt er leise, Sie! Tantalus haschte nicht nach der weichenden Flut, und es stockte das Rad des Ixion, hören Sie, ich habe es mir gemerkt! Der Gast nickt. Nicht mehr ward von den Geiern die Leber zerhackt; die Beliden ließen die Urnen in Ruh. Wir alle, blutlose

Schatten, und Charons Gesicht, als er die Arme hob, um zurückzurudern, und konnte es doch nicht.

Und Sie? fragt der Hotelier ängstlich. Wer sind Sie denn?

Wir Schatten wissen, was ein Mensch ist – wer wüßte es, wenn nicht wir? Im Schattenreich: was sollte uns überraschen?

Doch plötzlich steht da ein Mensch und singt: Klang einer Stimme und eine Melodie, einzelne Töne, Gesang – ich weiß nicht, welche Kraft die Furien besänftigt hat und Charon innehalten ließ. Im Kahn stand Orpheus und sang. Zu ertragen den Schmerz versucht ich: Amor behielt den Sieg.

Die Stimme? der Concierge fragt leise, als der Gast verstummt. Ich sah Charons Gesicht und Tantalus' Hände wie erstarrt in ihrer Hast, ich habe sie gesehen und habe nicht die Stimme und nicht einen Ton gehört, sah uns alle und begriff plötzlich: wir waren es, blutlose Schatten, verstanden die Stimme und ihre Bitte und würden doch niemals wirklich ihren Klang hören und niemals wieder die Musik. Damals netzten nach der Sage zuerst die drei Eumeniden weinend die Wangen, gerührt von dem Lied. Wir hören es nicht. Und Sisyphos saß auf dem Steine.

Auch Sie hören es nicht, lachte der Gast plötzlich böse, aber stellen Sie es sich vor, wie alle zu ihrem Schicksal zurückkehren, und auch das Orhpeus' ist schon besiegelt, ausdruckslos Charon und hastig die Hände des Tantalus. Ich bin Sisyphos, ich saß auf dem Steine, den wieder und wieder zum Berg zu rollen mir auferlegt war. Sieben Tage saß Orpheus am Ufer, und sieben

Tage hoffte ich, seine Stimme zu hören, sieben Tage saß ich regungslos, Gram und Schmerz des Orpheus Nahrung, und versteint saß ich auf dem Steine.

Der Gast ging leise in sein Zimmer, und mit seinem Bündel, ein festes Tuch, das er über der Schulter trug, kehrte er zurück. Der stygische Zeus? Ein Geschenk, rief er zurück, und mir nahm er die Strafe, um mich härter zu treffen, unwürdig der Strafe, verkündete er, ließ mir nichts als diesen kleinen Stein, mit dem ich herumziehe, zu klein, um darauf zu sitzen, zu klein, ihn zu rollen, und zu wenig zu trauern. Ausgestoßen aus der Unterwelt. Tantalus hascht nach der weichenden Flut, die Geier zerhackten die Leber. Und Sisyphos saß auf dem Steine. Tag um Tag, weder durch Befehl noch durch Drohung zur Ordnung gerufen. Orpheus Bitte und Sehnsucht haben Hades gerührt, doch meine Sehnsucht, die Musik zu hören, war stärker. Es gibt etwas, das die Gesetze sprengt. Mich mußte er vernichten. Doch wie vernichtet man, was tot ist?

Es gibt etwas, das stärker ist als die Liebe, die man mit Orpheus verbindet. Die ist groß und Schwäche gegen die Ordnung. Aber seine Musik, seine Stimme fordern die Ordnung aus Stolz heraus. Ich habe niemanden herausgefordert. Das nicht. Aber geübt durch den Stein war ich hartnäckig. Ihr Anzug hat Flecken, und morgen oder übermorgen werden Sie ihn in die Reinigung bringen. Ich habe keine Kraft, nur die Starre habe ich der Ordnung entgegengesetzt, die Starre des Schmerzes, der Trauer, die Auflehnung, die nichts weiter vermag, als ihr Verschwinden zu verweigern. So muß man versuchen, mich lächerlich machen. Und mir bleibt nur, die Lächerlichkeit zu meinem Gelächter und meiner beharrlichen Trauer zu machen. Sisyphos saß auf dem Steine.

Der Gast tritt zum Concierge und gibt ihm den Schlüssel. Dann wendet er sich noch einmal zum Hotelier: Sie müssen keine Sorge haben – mein Stein ist zu klein, um darauf zu sitzen, und zu klein, um Schaden anzurichten. Ich bin nur ein Gast und hinterlasse keine Spuren.

Ariadne

Ihre ersten vorsichtigen Schritte am Strand.

Als sie sich umdreht, ist es zu spät: die Wellen haben ihre Spuren fortgespült, seine Spuren verschlungen, die Spuren der Männer, des Schiffes. Es ist nichts zu sehen am Horizont.

Sie bückt sich, als könnte sie die Spuren aus ihrem Kopf schütteln, damit sie sich in den Sand zeichnen.

Nahe der Brandung durchnäßt die Gischt ihr Gewand. Sie steht auf den Klippen, und wenn sie es längst aufgegeben hat, Ausschau zu halten, so wartet sie doch darauf, gesehen zu werden.

Eine Frau, die auf den Klippen überm Meer steht oder am Strand entlanggeht. Die warmen Nächte trocknen ihr Gewand, das weiß ist und weiß bleibt, Salzwasser und Sonne bleichen es. Sie sucht einen Bach, um das Gesicht zu waschen; das Salz auf ihrem Gesicht wie eine Kruste, ein Tier, ein Panzer, hinter dem der Tod lauert.

Abends zittert eine Libelle in der Luft. Ariadne beobachtet ihre schlanke Gestalt, die blau schimmert, unbesehen kostbar, unberechenbar die Bewegungen. Ich werde nicht lange schön sein, denn keiner schaut mich an. Dann findet sie einen kleinen Teich, und es spiegelt sich ihr Gesicht darin. Sie bemerkt, daß sie jünger aussieht als im Palast, da sie sich zur Hochzeit schmückte, glatt und zart das Gesicht. Stürzte ich mich ins Meer, so würden die Delphine mich retten. Meine Schönheit der Faden aus diesem Labyrinth heraus, in dem ich niemanden, nicht einmal mir selbst begegne. Sie spürt, wie Hohn an ihr zerrt, und nachts, bevor sie einschläft, tobt die Trauer, und nicht einmal der Haß bleibt. Nachts, wenn sie aufschreckt, singt sie leise ein Schlaflied und wiegt ihn in den Armen.

Das Geräusch von Regen weckt sie; sie fröstelt. Später das Hupen, der Busfahrer hat die Tür geöffnet und ruft ihr zu. Wollen Sie mitfahren? Danke, sagt sie und lächelt.
Tagsüber kämpft sie gegen den Schlaf, der droht, die Erinnerung auszulöschen.
Auf dem Weg zur Bushaltestelle geht er neben ihr her, er begleitet sie, ach nein, sagt er lächelnd, selbst wenn ich mich nicht um dich sorgte, würde ich dich begleiten und den Abschied hinauszögern. Er lächelt und sagt: Ich gehe neben dir her, du bist eine Bewegung am Rand des einen Auges, und ich weiß, ich müßte nur den Kopf drehen, um dich zu sehen.
Sie beobachtet den Schlaf mißtrauisch. Zu Anfang hat sie sich vom Schlaf täuschen lassen; sie glaubte, der Schlaf sei freundlich, aber der Schlaf lauert, man weiß nicht, was er plant.
Nachts an den Bushaltestellen schläft sie ein, eine Nacht verbringt sie sitzend auf einer Bank, bis es dämmert, um vier Uhr die Dämmerung, um vier Uhr die Vögel, er hebt die Hand.

Jetzt, da sie jede Stunde ohne die Mädchen und Frauen, ohne die Feste und die lärmenden Bewegungen des väterlichen Palastes verbringt, versucht sie wieder und wieder, Theseus' Gesichtszüge nachzuzeichnen. Manchmal spürt sie für einen Moment seinen Körper. Er streckt die Hand aus und hält ihren Kopf. Er schläft ein, seine Hand an ihrem Hals. Es ist ihr, als habe sie niemals sein Gesicht gesehen.

Ist er gegangen, ohne sie gesehen zu haben? Hat er sie angesehen, als er wußte, daß er sie verlassen würde? Sie würde ihn gerne fragen: Weißt du, wie ich aussehe? Aber er würde die Frage nicht mehr verstehen, würde sie mißverstehen.

Sand zwischen den Fingern, zwischen den Fußzehen, sie haßt den Sand.

Ich liebe dich noch; aber ich weiß nicht länger, ob du es bist, den ich liebe.

Sie bückt sich, da etwas zwischen dem Klirren der Muscheln glänzt, die schön und ihr längst fade sind. Es ist keine Münze. Sie findet es nicht. Ihre Hand greift ins Leere, und ihre Augen täuschen sie, sowie sie sich aufrichtet, ein ums andere Mal.
Das Licht ist zu hell. Mittags frißt die Sonne Ariadnes

Schatten, der ihre einzige Gesellschaft war, und sie wird irre an sich selbst.

Abends, wenn es kühler ist, begreift sie es mit Schrecken: keine Trauer. Ist das Schiff wirklich ohne sie ausgefahren? Wen haben sie zurückgelassen – nur sie, ihren Schatten, denselben Schatten, den die Sonne am Mittag verschlingt?

Als sie aufwacht, zum ersten Mal diese Stille um sich, dann eine Ahnung, das Entsetzen kühl wie der Blick des Priesters auf die Eingeweide eines Opfertieres, und sie läuft zum Meer, die Segel schon außer Rufweite; sie glaubt zu toben, während sie unmerklich das Gewicht von einem auf den anderen Fuß verlagert, um nicht von den feuchten Klippen abzurutschen. Keine Klage.

Als sie zum ersten Mal an einer Bushaltestelle aufwacht, schämt sie sich; sie steht auf, sie möchte sich die Kleider abklopfen, als hätte sie nicht auf einer Bank gesessen, sondern im Park, betrunken auf dem Erdboden, denn sie muß zuviel getrunken haben, wie sonst konnte sie eingeschlafen sein, hier, auf offener Straße; wieso gehen Sie alleine, wieso geben Sie nicht besser auf sich acht? Woher nimmst du das Recht, unvorsichtig zu sein?

Sie lächelt ihn freundlich an.

Einen Pullover wirft man nicht weg; ein alter Pullover, an den dünngescheuerten Ellbogen sah man es, und sie dachte, daß er ihn gerne anzog, gerade diesen Pullover, den er vergaß, als er am Morgen ging und die Sonne schien, sie legte ihn zusammen, dünngescheuert die Ärmel und auf der Rückseite ein kleines Loch. Es war Sommer, auf den Schranktüren bildete sich eine Staubschicht, ein schöner Sommer bis in den September hinein.

Gegen Morgen wurde es kühl; als sie fröstelnd an einer Bushaltestelle erwachte, fiel ihr der Pullover ein.

Die Stille saugt sie auf, ihre eigene Stimme, die Erinnerung an die Stimmen der anderen. So sehr liebst du ihn, daß du deinen Halbbruder verrätst und bereit bist, diesem Fremden zu folgen? Ammen sind immer klug. Sie kommt ihr zuvor mit dieser Frage. Und Ariadne muß es prüfen. Ist dies das Maß ihrer Verlassenheit?

Hat sie die Rücklichter des Taxis gesehen?

Kein Auto fährt vorbei, die Stadt rauscht immer, aber um diese Zeit ist es das leiseste Rauschen, zu leise und eintönig, als daß man lauschen könnte, Nachhall des Lärmens, das die Steine ausstrahlen wie die Hitze des Tages. In ihrem Kopf jedes Wort und sein Lachen, und an die Schädelwände gepreßt alle Gespräche zu dritt oder viert, und in den Knöchelchen der Ohren seine Stimme.

Immer, wenn sie gerade wach ist, kommt kein Bus, sie steht vor der Tafel mit den Abfahrtszeiten, ihr Finger fährt die Zeilen hinunter, sie hat keine Uhr, aber es gibt die Kirchturmuhren und die Normaluhren, und wieder hat sie den Bus gerade verpaßt, wieder wird sie zwanzig Minuten warten müssen, jetzt, da sie gerade wach ist, aber in Anbetracht der Trauer, die in ihrem Körper unmöglich Platz finden kann, ein langer, schlanker Körper, nicht groß genug für diese Trauer, wie macht die Trauer das? Und dann hat sie den nächsten Bus nicht gehört, und der Fahrer hat sie nicht gesehen, zusammengesunken auf dieser Bank, oder es war ihm egal, all die Nachtschatten, die auf all den Bänken der Bushaltestellen sitzen. Die Rücklichter des Autobusses sieht sie deutlich. Immer, wenn sie auf den nächsten Bus wartet, ist niemand außer ihr an der Haltestelle, und auch die Straße kommt niemand entlang. Es gibt doch Gesetze, denkt sie. Seltsame, heimliche Gesetze. Bis einer davonfährt, und dreht sich nicht um. Und die Ödnis beginnt. Was, fragt sie sich plötzlich, hat Ariadne gefühlt?

Sie lächelt. Seit dem siebten Tag lächelt sie. Sie findet ein kleines Gefäß mit Öl und reibt sich langsam Schultern und Brüste ein. Aufmerksam betrachtet sie ihre Arme. Da trifft der Schmerz sie wie ein Hieb. Sie spürt, wie sie wankt, und sie weiß, keiner sieht sie. Aufrecht steht sie da. Atmen, natürlich. Ihr Körper ist gehorsam und lebt. Sie hätte erwartet, durchsichtig zu sein vor Schmerz.
Aber das ist nur der Anfang. Während sie zuerst den Schmerz in sich, in ihrem Körper fühlt, scheint es spä-

ter umgekehrt; sie selbst ist dort, in dieser Hülle aus Schmerz.

Dann ist es die große Geduld. Ein Lächeln, die Sand-körner, die salzige Feuchtigkeit des Meeres auf ihrem Gesicht und die Erkenntnis: tagaus, tagein.

Freunde, stellt sie sich vor, sagen ihr: du mußt mutig sein. Daß kaum einer etwas weiß, ist eine Erleichte-rung. Vielleicht stimmt es nicht? Wer vermochte zu sa-gen, ob sie sich gekannt, ob sie Tage und Nächte mit-einander verbracht haben? Ob sie sich geliebt haben? Haben sie sich geliebt?

Wohin sie greift, Sandkörner, als wären sie Teil ihres Körpers, hartnäckig und dabei fremd. Plötzlich scheint es ihr selbstverständlich, daß die Vorräte, die jemand für sie zurückgelassen hat, zu Ende gehen. Es gibt einen Vorrat, der zu Ende geht.
Sie war kein junges Mädchen mehr. Eine Frau, die Frau eines Gottes, die einen Mann liebt, einen Menschen. So sehr liebst du ihn? fragt ihre Amme, und ihre Stimme klingt spöttisch. Zweifacher Verrat? Meinst du, damit hätte es sein Bewenden? Zweifacher Verrat? Und du glaubst, der dritte folgte nicht? Der dritte Verrat wird ein Doppelverrat sein, denn auch du selbst wirst dich verraten.

Die beiden Schatten überschneiden sich, lösen sich voneinander und verblassen. Wenn sie neben ihm die Straße entlanggegangen ist, hat sie es nie bemerkt. Waren es vier Schatten?

Vielleicht muß man dankbar sein, wenn diese losen Geschichten sich einmal, und sei es für eine kurze Zeit, überschneiden.

Die Schritte waren geplant, denkt sie, die Fahrt und die Länge des Meeres zwischen Kreta und dieser Insel, kaum mehr als ein Fels, ein Sandhaufen im Meer, und sie nicht mehr als ein Zeichen, noch eine Frauengestalt, die am Strand oder auf den Klippen steht, dann die Knochen der Erinnerung.
Die Knochen, die immer fester werden, mühelos kann sie sie betasten, und sie weiß es, ohne sich in dem kleinen Teich zu spiegeln, daß sie schön ist.

Hat sie von Anfang an begriffen, daß sie sterben muß? Oder hat sie damit gerechnet, sie würde gerettet werden?
Denn am Ende ist sie immer zu Hause, auch wenn sie nicht weiß, wie sie dorthin gekommen ist. Ihre Tage nehmen kein Ende.
Sie denkt daran, daß er ohne Abschied gegangen ist, verschwunden aus ihrem Leben, und eine Handbewegung, mit der er ein Taxi anhält, reicht aus, um ihr ge-

meinsames Leben zunichte zu machen. Alles, was man braucht, um diese Geschichte zu erzählen, alle Zutaten, alle Einzelheiten stehen bereit.

Zum ersten Mal ist sie unbarmherzig ihren Gedanken ausgesetzt. Die Abmessungen der Insel.
Entsetzt spürt sie, wie ihr Leben sich konzentriert und erkennbar wird. Sie begreift es an sich selbst, es ist unangenehm, das zu spüren, als wäre sie verurteilt zu fühlen, wie ihre Fingernägel wachsen und ihre Haare.

Manchmal denke ich, daß ich es überleben werde, und manchmal, daß ich es nicht überleben werde.

Sie geht tanzen. Voller Übermut küßt sie einen Bekannten. Ihr Gesicht, spürt sie, strahlt. Als ihr Blick in einen Spiegel fällt, erschrickt sie. Es ist eine Zeichnung, die sie schon einmal gesehen haben muß.
Entweder diese Zeichnung existiert seit je, und allmählich lernt sie es, jede Linie, jede Schraffur zu lesen. Oder hilflos muß sie Zeugin sein und ihrem Entstehen beiwohnen.
Sie sitzt auf einem roten, verschlissenen Sessel, neben sich ein Glas, das nicht leer wird.

Die Erleichterung des weißen Sandes: Immer wieder der Sand, überall, zwischen den Zehennägeln und auf der Haut. Das Unausweichliche ist eine Unzahl kleiner Teilchen.

Der Versuch, aufmerksam zu sein. Gerade aufgerichtet sitzt sie an einer Bushaltestelle.
In großer Entfernung gehen Menschen vorbei. Sie winkt und ruft und gibt Zeichen.

Einmal fahren sie übers Wasser und sehen den Himmel, vor den sich Dunkelheit schiebt wie eine Decke; sie dreht sich zu ihm, und während sie einander umarmen, sieht sie den hellen Himmel im Westen, noch immer hell, als er sie hochhebt und fortträgt.
Jeden Abend starrt sie nach Westen, bis der letzte Lichtschimmer verloschen ist.

Einige Wochen scheint es nur Nacht zu sein: selbst der gleichförmige Wechsel von Tag und Nacht ist unterbrochen.

Ariadne träumt. An ihrem Mantel hat sie einen Riß entdeckt. Verwundert betastet sie den Riß, der unter ihren behutsamen Fingern größer wird, bis sie zwei Stoffbahnen in der Hand hält.
Am Morgen ist der Mantel nicht mehr als eine Erinnerung. Was zusammengefügt war – wie leicht und selbstverständlich scheint es, da es getrennt ist!

Als kämen die Dinge zur Ruhe. Sie wundert sich, daß sie nichts Lebendiges gesehen hat. Jetzt glaubt sie, daß sie sterben wird, und sie bemerkt die Krebse, verschiedene Vögel und im Sand eine Schildkröte. Jetzt ist sie schon schwach, und sie sitzt bis zum Abend im Schatten eines Felsens und beobachtet diese Tiere. Ein Vogel greift die Schildkröte an, unermüdlich und erfolglos versucht er, ihren Kopf zu überraschen. Zwar richtet er nichts aus, aber er zwingt sie, Stunden am selben Fleck zu bleiben, in ihren Panzer verkrochen. Er fliegt an den Strand, wo er im flachen Wasser Fische fängt. So kann er nicht hungrig sein, und vielleicht treibt er seinen Schabernack mit ihr. Vielleicht langweilen sich auf dieser Insel auch die Vögel.

Ariadne muß begriffen haben, daß sie sterben wird. Warum sollte sie der Gott, den sie verraten hat, retten? Wie sieht ein Gesicht aus, das begreift, alle Geschichten sind zu Ende?
Zum Schluß ist sie nackt.
Es gibt, begreift sie, Geschichten, die eine Fortsetzung haben, und solche, die keine Fortsetzung haben.
Am Ende gelingt es dem Vogel, die Schildkröte zu überraschen.
Manchmal versucht sie, früher nach Hause zu kommen, die Nachtbusse zu umgehen, die Feste und Traurigkeiten der Stadt vor dem Morgen. Masken und Larven, aus den großen Staubkörnern dieser Stadt zusammengesetzt, Staubkörner aus Bierdosen und Autoteilen und Zeitungsfetzen und Zigarettenstummeln

und Busfahrkarten und all den Flecken, Speichelflek-
ken, Flecken von Lippenstift und Erbrochenes und
Sperma und der Duft von Parfüm.

Dann läßt der Vogel unvermittelt von der Schildkröte
ab und verschwindet. Ariadne wartet, daß er zurückkehrt. Aber er scheint sie vergessen zu haben mit einem Flügelschlag.

Aus einem Tod, der – schon eingetroffen – nur eine
Frage der Zeit ist, läßt sich kaum eine Geschichte her-
ausschlagen. Alles, was sich erzählen läßt, ist Vergan-
genheit, aber hier ist die Vergangenheit ausgelöscht.
Grausam ist die Abwesenheit. Theseus mußte ihr die
Zunge nicht herausreißen.
Nur bleibt der Körper mit seinem hartnäckigen Ge-
dächtnis; ihre Hände, die ihn gestreichelt haben; ihre
Füße, die er gewärmt hat in seinen Händen.

Aber der Abend treibt sie aus ihrer Wohnung. Nach
dem ersten Glas Wein liebt sie die Zerstreuung. Dann
entfernt sie sich unmerklich aus den Gesprächen, und
wenn sie ihren Körper einer Umarmung überläßt,
spielt sie mit den dünnen Fäden, an denen kleine Pup-
pen tanzen, ein Kinderspiel und bemerkt keine Berührung. Alles scheint nur darauf zu warten, daß sie sich
mit den letzten Gästen verabschiedet und unvorberei-
tet alleine verschwindet.

Wenn sie auf die Wellen blickt, spürt sie, wie ihr schwindelig wird, und all den menschenleeren Raum, der sie umgibt als das neue Behältnis ihres Gehirns. Wenigsten ihrem Körper möchte sie Klarheit abringen.

Die weißen Stoffbahnen, die ein Schiff rufen sollten, liegen zwischen den Felsen. Wenn ein Schiff käme, würde sie damit winken. Sorgfältig faltet sie den Stoff zusammen. Die Zeichen haben ausgedient.
Das ist die Bedeutung des leeren Raums.
Was bleibt, ist ihr Körper. Sie findet eine Alge, ein Stück Holz, nach Jahren im Meerwasser glattgeschliffen und hart wie Stein. Geduldig tasten ihre Finger, um seine Beschaffenheiten zu verstehen. Auch mit sich selbst spricht sie nicht mehr, sie hat ihre Stimme nicht mehr gehört. Sie wird nicht mehr sprechen, fährt es ihr durch den Kopf, und sie denkt, es ist gut so. Keine Zeichen mehr.
So sehr liebst du ihn?
Die Sätze, die sie zu ihm gesagt hat. Die Gesten, die sie länger und fester wähnte, als der Faden, den sie ihm gegeben hat. Der Faden, der Minotaurus' Tod bewirkt hat. Der Faden und seine Wirkung.
Und hat sie ihm nicht auch ihren Körper gegeben? Taugt er nicht zur Verständigung?
Seine Magerkeit gefällt ihr, nicht länger ihre gedemütigte Schönheit, sondern sein schmaler Abdruck im feuchten Sand.

Wenn sie sich anlehnt, spürt sie die Knochen fast
schmerzhaft. Und es wird kühler, der Sommer geht zu
Ende.

Sie würden sich mit einer Reihe Bekannter zum Essen
treffen; und danach gelten die schweigenden Abma-
chungen, die Gewohnheiten, die Übereinkünfte. Sollten sie nicht, wie immer, zu ihr nach Hause gehen? Sie
würden einer in den Armen des anderen schlafen.
Morgens war er ungeschickt, verärgert kämpfte er mit
den Kleidern, den Schnürbändeln, morgens fielen ihm
die Gegenstände aus der Hand. Nach ein paar Tagen,
nach ein paar Nächten sah er sie erleichtert und erstaunt an: Wie leicht es ist, mit dir zu frühstücken!

An anderen Tagen sein Anruf morgens. Guten Morgen. An den anderen Tagen, so daß es die einen und die
anderen Tage gibt, wie es Ariadnes Tage bis zu dieser
Insel gibt, einige Tage immerhin.

Aber, sagt er, man verdammt sich immer zum Schweigen. Man verurteilt einander zum Tode. Gegen all das,
sagt er, steht nichts, als daß man die Geschichten sich
weitererzählen läßt.
Danach die Chronologie. Nacktes Knochengerüst, das
sich bloß mehr aufzählen läßt.

Es scheint, daß der Schmerz ihr immer wieder in die
Bewegung der Hände fällt und die Trauer in den Atem.

Sie bewundert die Adern, die sich deutlich abzeichnen, und daß ihr Körper tüchtiger ist als sie. Sie haßt ihn dafür, daß er unermüdlich ist.

Es macht ihr Spaß, ihn nachts der Kälte, dem regnerischen Wind auszusetzen, daß der Sommer zu Ende geht, freut sie, denn er sträubt sich vergebens.

Hier, an diesem Ort, ist sie, nicht mehr viel ist es, was sie ist, und es wird nicht mehr lange dauern. Als sie spürt, wie leicht ihr Körper wird, empfindet sie Mitleid. Jetzt gehört sie zu der Menschenleere auf dieser Insel, und was zurückbleibt, ist dieser Körper, schmal wie der eines Kindes.

Eine stillschweigende Verabredung, dann Stillschweigen. Ja, beantwortet er eine Frage, die sie überhört hat, ich reise ab. Das wußte sie ja, immer wußte sie es, eines Tages. Als sie aus der Tür treten, nimmt er ihre Hand, und sie gehen. Sie würde die Schritte zählen bis zu dem Moment, da er die Hand hebt und ein Taxi herbeiwinkt. Er läßt ihre Hand los.

Sie steht ihm gegenüber, ohne zu begreifen, und sieht ihn an.

Er dreht sich um und steigt ins Taxi.

Nachdem sie ihm den Halbbruder ausgeliefert hat, nach dem Verrat und nach dem Kampf, da tritt er – sie sind alleine – auf sie zu und hält das Knäuel in der Hand. Er will es ihr geben, hat die Hand schon ausgestreckt, da stutzt er. In diesem Moment sehen sie sich an. Sie steht ihm gegenüber. Kräftemessen. Ihre Hingabe. Da sie standhält, da er standhält. Er stutzt und steckt das Fadenknäuel ein.

Auf der Schranktür hat sich eine dünne Staubschicht gebildet. Ist das eine lange oder eine kurze Zeit? Könnte es eine Uhr geben, und Staub darin statt Sand? Plötzlich ist es tröstlich, daß der Herbst beginnt, danach der Winter, der Winter geht vorbei, und dann ein neues Jahr.
Sollst nicht frieren, sagt sie und öffnet die Schranktür.

Ein Schrecken, der die Macht hätte, sie über den Strand und die Insel zu treiben, als sie schon zu schwach ist, um aufzustehen. Es sind zwei Dinge, die sie zu spät begreift: daß es ein Glück gewesen wäre, an ihn zu denken, solange er an ihrer Seite war. Daß ein Glück gewesen wäre, an ihn zu denken. Mit dem Gesicht denkt man, scheint ihr, und sie hat ihr Gesicht, eingefallen und mit starrer Haut, verloren. Sie ist nur noch ein Punkt, der schwach leuchtet. Das also war die Klarheit ihres Körpers: ein Zeichen und darin eine Geschichte. Sie war es.
Wenn sie sich jetzt im salzigen Wasser des Meeres waschen könnte.

Weil sein Pullover hellrot ist, sieht sie ihn als erstes. Könnte sie sich bewegen, so würde sie sich abwenden und hinausgehen. Schließlich zieht sie den Pullover, der nachlässig zusammengefaltet ist, aus dem Schrank. Es sind, weiß sie plötzlich, genau sieben Wochen vergangen. Auf dem Rücken ist das Loch, groß wie eine Faust. Sie ballt die Faust und steckt sie hindurch. Ihre Faust verschwindet.

An diesem Abend erwartet niemand sie, sie ist nicht eingeladen und nicht verabredet. Nach Mitternacht wird sie unruhig. Bevor sie hinausgeht, zieht sie eine Jacke an; den Pullover nimmt sie in einer Tasche mit. Es könnte kälter werden.

Sie setzt sich an eine Bushaltestelle. Aber ich könnte ja nach Hause laufen, denkt sie, da es nicht weit ist, und wenn ich wollte, könnte ich ein Taxi nehmen.

Warum, überlegt sie und spürt Ärger in sich aufsteigen, warum hat Ariadne nicht daran gedacht, daß die Insel bewohnt sein könnte? Einsame Strände gibt es schließlich immer. Ich muß nachprüfen, ob Naxos eine große oder eine kleine Insel ist.

Dünne Wolken bedecken den Himmel, feiner, erster Smog liegt zwischen den Häusern, es ist nicht kalt. Sie zieht den Pullover, der im Licht der Straßenlaternen orange ist, aus der Tasche und betrachtet das faustgroße Loch. Ob Motten wohl Zähne haben? überlegt sie. Ein einzelner Faden hängt heraus. Als ein Knäuel auf ihrem Schoß liegt, reißt sie den Faden ab und steigt in den Bus.

Minotaurus

Ein unruhiges Flüstern ging durch die Reihen der
Schatten. Aber es war nicht mehr als ein Gerücht, und
war die Begebenheit auch unerhört, so sollte sie die
gleichförmigen Tage nicht stören: Daedalus zu Minos
gerufen. Ich spürte die mißtrauischen Blicke. Sie sind
seit je scheel gewesen, die Blicke, mit denen man mich
bedacht hat. Da ich, Daedalus, mich wohl befinde.
Willst du nicht abermals fliehen? Baust wohl andere
Flügel? Oder meinst gar, du wärest in deinem Labyrinth, daß du so vergnügt bist? Anmaßend, so werfen
sie mir vor. Daß einer hier – untätig, schattenhaft –
glücklich sei, war nie die Absicht. Und ausgerechnet
ich, der Baumeister.
Minos erklärt nicht; wortkarg teilt er mir den Beschluß
mit. Ob es Strafe sei? Geschenk? Keine Gerichtsver-
handlung, schneidet Minos mir das Wort ab. Hochfah-
rend, sagt man. Diesmal ist es seine Stimme, die spöttisch klingt. Ich möge es als Nachtrag betrachten. Du
wirst Gesellschaft finden. Seine unbeteiligte Strenge
schien wankend.

Irgendwann verliert Zeit ihre Bedeutung. Hier bin ich,
seit je, ein Leben lang, und habe keinen Anhaltspunkt
als diese wenigen Sätze.
Gläserne Fassaden baue ich; sie verdoppeln das Licht.

Hochmut? Es wird nicht gelingen, ihn zu brechen. Fenster und Lichthöfe: niemals ein Labyrinth. Bis tief in die Nacht findet man mich auf den Baustellen, zwischen Scheinwerfern, die sich im trüben Wasser spiegeln, das aus der Erde drängt und keinen Kahn in die Unterwelt trägt.

Er allein hat das Labyrinth niemals verlassen. Vor dem Schattenreich nichts als das Dunkel vor Augen. Nicht die brennenden Flügel: Minotaurus' Anblick, der mich verfolgt.
Nicht Hochmut, sondern nur dieser eine Gedanke: Nie mehr ein Labyrinth.

Ja, es muß Minotaurus sein.
Minos' Stimme – als könnte sie, die Stimme des Totenrichters, brüchig werden: Du wirst Gesellschaft finden. Er muß es sein, der Minos' Niederlage, sein Sohn ist.
Doch wie werde ich ihn erkennen?
Denn nie hörte ihn einer, und keiner sah ihn. Selten fiel sein Name. Eine gewisse Scheu bei der Nennung seines Namens.
Da einzig er ein Rätsel ist, soll er des Rätsels Lösung sein?

*

Unschlüssig steht er auf dem verlassenen Platz und duckt sich unter seinen Regenschirm. Aber es regnet

nicht, statt dessen fährt böiger Wind in die dünnen Speichen. Ein kleines Mädchen streckt den Arm aus und zeigt auf ihn: guck mal, der Mann mit dem umgedrehten Regenschirm.
Er stürzt.
Wir bringen Sie in Ihre Wohnung, Sie werden schon wieder zu sich kommen. Der Sanitäter winkt mit dem Personalausweis. Sein Foto, kein Zweifel.
Als sich die Tür hinter ihm schließt, geht er ins Wohnzimmer. Auf dem Sofa schläft er ein.
Er findet sich mühelos zurecht. Nachdenklich steht er vor dem kleinen Spiegel im Flur, der den mächtigen Schädel nicht faßt. Jetzt ist er ruhiger.
Doch dann kehren die immer gleichen Bilder zurück: Die Körper weichen vor ihm zurück, als er sich nähert. Sein Schädel – ihre Todesmaske. In seinen Ohren gellen die Schreie. Er möchte sich abwenden. Wo sind sie? Wenn er sie sehen könnte, würde er sich niemals nähern.

Ihn selbst erstaunt sein Anblick nicht. Er hat lange geschlafen. Immer hat er lange geschlafen. Dann ist er aufgewacht, oder man hat ihn geweckt. Er erinnert sich an andere Gerüche.
Er erinnert sich nicht, wie lange und woher. Der Flur ist eng. Seine Glieder sind steif, er streckt sich, geht ans Fenster. Ohne Erstaunen sieht er die Häuser, einen Turm, er hört das gleichmäßige, stumpfe Rauschen aus den Straßen. Die Häuser reichen weiter als der Himmel. Könnte er wieder einschlafen!

Er bleibt unbelästigt. Keiner, der mit dem Finger auf ihn zeigt. Ordentlich gekleidet, als wäre es nie anders gewesen, geht er hinaus. Er, ein Museumswärter. Aufmerksam lauscht er den Schritten, die sich nähern, die sich entfernen, dem Klirren der Schlüssel. Als Sirenen gellen, erinnert er sich vage an eine große Furcht, an Angstrufe. Nein, sagt er, nein.

He, du bist der letzte. Der Zuruf schreckt ihn auf. Unruhig geht er durch die leeren Räume, Unruhe treibt ihn voran, er schließt die Türen.

Wenn er unter Menschen ist, fragt er sich manchmal: Hatte er nicht den Kopf eines Stieres? Dessen Beine, Hufe, Schwanz und Leib? Er hört kein Klappern auf Asphalt, und Sand knirscht nicht; sein Schnauben verklingt schnell, an den Hausvorsprüngen schabt sich sein Fell zu dünner, weicher Haut. Der Kopf wird ihm schwer. Er seufzt.

Die Menschen sind ihm fremd. Und ich? sagt er und spürt, wie er verstummt.

Er glaubte, blind zu sein. Die Menschen, glaubte er, sind alle schön. Sind häßlicher, sind schöner, als er träumte. Wie hastig sie gehen. Ungeschickt und augenlos stoßen sie im Gedränge aneinander.

Der Flur ist eng, sein Atem viel zu laut für diese Wände.

Haben sie sich verwandelt? Er hat davon gehört. Nicht immer starb man, wie man geboren wurde. Am Namen erkannte man sich, bis man ihn vergaß.

Nur er blieb, was er war: Minotaurus, Zwitterwesen von Geburt.

Minotaurus. Er erinnert sich an seinen Namen: die anderen hat er vergessen, hat er nie gewußt. Minos. Theseus. Ariadne.
Minotaurus wundert sich: wo sind die anderen? Sollte er allein übriggeblieben sein?
Tagelang sieht er Menschen an Skulpturen und Vasen vorbeigehen. Er hält die Schlüssel heimlich in der Hand. An ihm gehen sie vorbei und sehen ihn nicht an. Was für ein schöner Museumswärter, sagt ein Besucher.

Sein schwerer Schädel. Die stumpfen Augen. Er streckt die Arme aus. Der große Platz liegt leer, die Lampen gehen an. Schon ist es Abend. Er wandert durch die Straßen. Ein Fest, denkt er, Kerzen, Gläserklirren. Ist er nicht schön, sagt eine Stimme. Rascheln von Stoffen. Parfüm.
Trabt durch die Gänge der U-Bahn, preßt sich an die Wand bei jedem Zug und spürt das Licht auf seinem Fell. Ist er ein Stier?

Er hat den Weg verloren. Kein festgefügter Bau, und hinter Häusern nichts als Häuser. Kein Oben und kein Unten, geht alle Treppen, keine Unterwelt und auch kein Himmel. Er hebt den Kopf.

Mechanisch, wie blind kehrt er zurück, verläßt das Haus, geht in den Sälen auf und ab. Jetzt glauben sie, er sei ein Mensch. Wurde nicht als Mensch geboren. Er spürt den Stierkopf, Hufe, also doch, nichts als eine Maschinerie in seinem Kopf, ein Uhrwerk. Viel Zeit ist vergangen. Seine Stimme brächte Mauern zum Einsturz, sein Lauf ließe die Straßen zittern. Ich bin kein Mensch, sagt er. Der andere zuckt mit den Schultern, sitzt neben ihm auf einer Bank, versteht ihn nicht. Minotaurus lacht verlegen.

All seine Kraft. Leicht trüge er die steinernen Skulpturen. Hinter seinem ovalen Kopf sieht keiner den Stierschädel. In der Hand hält er den Schlüssel und geht auf und ab.

Oft stößt er irgendwo an. Seine Ausmaße sind ihm nicht deutlich. Weiß er sich unbeobachtet, dann übt er, geht dicht an Wänden, Türrahmen, Tischkanten entlang. Hat er blaue Flecken? Nur solange er unter Menschen ist. Allein in einem Raum ist er Minotaurus.

Gehöre ich hierher? fragt Minotaurus. Sie nicken freundlich. Sie mustern ihn neugierig, und er erschrickt. Hört nicht, wenn sie sich nähern. Sie werden seinen Schädel sehen, fürchtet er. Stunden liegen die Säle leer.
Schließlich bleibt er selbst weg.

Auch in seine Wohnung kehrt er nur selten zurück, verriegelt die Fenster, schaltet das Licht aus, sorgfältig dreht er die Wasserhähne zu, zweimal schließt er ab.
Muß sich nicht fürchten, allein, sein dichtes Fell, massiger Körper; er friert nicht. Kann unbesorgt in leerstehenden Häusern, in Bauruinen, aufgelassenen Fabriken hausen.

Die verlassenen Häuser tun ihm wohl, er liebt die Zugluft zerbrochener Fensterscheiben, sein Fell reibt an zersplissenen Türrahmen. Minotaurus hat Heimweh nach dem Labyrinth, sucht Häuser mit vielen Höfen, zahllosen Aufgängen, wandert über Dachböden und durch die Keller. Die Keller riechen feucht. In einem Regal stehen Gläser; als er dagegen stößt, fallen sie zu Boden, und dicker Saft rinnt langsam und rot über den Boden. Ich habe keine Angst, will Minotaurus sagen und hat keine Stimme.
So sucht er wieder Menschen, spricht mit jedermann; wenn er mit keinem spricht, dann spricht er mit sich selbst.
Erkennt mich keiner?, wundert sich Minotaurus. Und wenn so viel Zeit vergangen ist – warum altere ich nicht?
Sein Fell glänzt, die Hufe glänzen, sein Gesicht bleibt; wie schön er ist. Er betrachtet die jungen Frauen. Die Augen kann er nicht schließen. Sein Kopf ist schwerfällig, abgenutzt das Herz. Vermag er schnell zu laufen? Springt er wohl höher als alle anderen? Kennt man ihn nicht? Wird er sich immer verwandeln müssen?

Gerne würde er einmal eine U-Bahn fahren. Er denkt an die Geschwindigkeit in den unterirdischen Gängen. Die Dunkelheit fliegt rechts und links vorbei und bleibt zurück. Wenn er an der Bahnsteigkante steht, hält er nach dem Gesicht des Fahrers in der Kabine Ausschau. Eine Weile denkt er nur daran. Dann vergißt er es.

Minotaurus sucht ein verlassenes Haus für die Nacht. Umsichtig prüft er mit den Hufen, ob die Decke trägt. Er lauscht dem dumpfen Pochen und hört das Rascheln von kleinem Getier. Einmal hat er mit einem Huf eine Maus getreten. Als er den Kopf senkt, sieht er, daß er sie zerquetscht hat. In bösen Träumen ist er sehr groß und zertritt Tiere und Menschen, versucht, Steine aufzurichten und ihre Namen in den Stein zu meißeln. Doch seine Bewegungen sind plump und ungeschickt. Ermüdet lehnt er sich an einen Baum. Die ganze Nacht sucht er ein Lebewesen, dem er keinen Schaden zufügen kann. Es verlangt ihn nach Gesellschaft.

Minotaurus hört eine Frauenstimme. Bis in den vierten Stock steigt sie aus dem Hof auf und lockt wie eine Lerche in der Luft. Er liegt ganz still. Sein Gesicht ist konzentriert. Versucht sich vorzustellen, daß die Stimme seinen Namen ruft. Die Augen sinken tiefer. Die Nüstern bewegen sich nicht. Ihre Farbe ist fahl. Hinter der breiten Stirn klafft es wie ein Schacht. Obwohl er seinen Kopf aufstützt, wiegt der schwer, als sei der Hals dünn geworden.

Am Ende wird er einschlafen. Früher, denkt er, habe ich jahrhundertelang geschlafen. Dann muß ich mich nicht sorgen, grübelt er. Werde wieder einschlafen.
Er könnte springen, sehr schnell laufen, selbst den eigenen Namen hätte er vergessen und ließe die Häuser hinter sich.

Wenn die Tage warm sind, geht er auf die Straße. Er sieht Menschen auf Rollschuhen. Ein Kind reitet auf einem Steckenpferd. Gekränkt sieht er das abgeschabte Fell, die starren Glasaugen. Auch die Anmut der Rollschuhfahrer kränkt ihn, doch vom Anblick der jungen Frauen kann er sich nicht trennen. Es könnte eine von ihnen stürzen, hilflos die Arme und Beine, und er wäre es, der ihr aufhilft. Bevor sie weiterliefe, drehte sie sich um und winkte lächelnd. Er hält den Atem an.
Wenn Minotaurus lächelt, sehen die anderen eine furchteinflößende Grimasse. Er betastet sein Gesicht, ob darüber eine Maske sei. Auch er lächelt.

Einmal rührt er sich Tage nicht vom Fleck, will spüren, daß seine Muskeln erschlaffen. Die Sonne geht früh unter, beinahe Winter, kalt. Eines Nachts friert ihn. Er versteht die Bewegungen der Kälte und das Vergehen der Zeit. Wäre einer da und hörte ihn, sagte er es laut. Daß da keiner ist, betrübt ihn, denn er hat bemerkt, daß die Kälte langsamer ist als die Zeit. Allein hat er keine Stimme. Da bewegt er sich. Seine Kraft verläßt ihn nicht und wird nicht weniger.

Meine Stimme, denkt er wieder und wieder. Er verläßt das Quartier im zweiten Hinterhof; der Morgen ist kühl. Wie Eisengestänge spürt er die Hörner seines Stierschädels.
Soll er hinaus? Der Geschmack von Menschenfleisch, er versucht sich zu erinnern, es schmeckte süß. Er sehnt sich nach ihrem Anblick und einer Stimme. Niemals wieder – Theseus hat ihn nicht bezwungen – machte er Jagd auf Menschen. Es wäre leicht, ihn aufzuspüren, leicht, ihn zu überwältigen, und kein Held dazu vonnöten.
Ja, das war Theseus. Doch bezwungen hat ihn Ariadne oder eigentlich das Licht. Ariadne mit dem Licht in der Hand. Ihre Hand im Licht. Sehr weiß. Und lange, schmale Finger. Sie hat ihn getroffen. Er dachte, er sei blind, und vielleicht dachte sie es auch. Stockfinster war es im Labyrinth, und nie bekam er die Athener zu Gesicht. Nur von ihrem Zappeln hatte er eine ungefähre Vorstellung, von ihren Händen, in sein Fell verkrallt, in seine Nüstern. Bis er, von der Fackel beleuchtet, Ariadnes Hand sah. Woher die Kraft, fragte er sich verwundert und fühlte Theseus Griff an seinem Hals. Da blutete er schon. Nie wird er erfahren, wann er aufgewacht ist aus dieser Bewußtlosigkeit, die lang war,

denn Theseus und die anderen sind tot. Schatten wie er, und zum ersten Mal sieht er Minos.
Wäre der sein Vater.

Er verläßt sein Quartier, schwindelig von Schlaf und Erinnerung und Stille. Hört keine Stimme. Kälte verschließt die Fenster. Hat keine Stimme. Muß Mensch sein. Minotaurus sagt ja, Minotaurus sagt nein. Er geht hinaus, nimmt die erste U-Bahn, ißt in einer Kneipe, auf deren Fensterscheibe ein Schild klebt: Frühstück fünf Mark. Täglich Eintopf. Drei Mark fünfzig.

Die Wirtin hat ein gelbliches Gesicht, sie reißt die Stühle von den Tischen, auf der Theke steht ein Bierglas. Er bestellt Kaffee. Als er sich setzt, bemerkt er neben sich einen stämmigen Menschen mit einer Zeitung. Kein Bier? fragt der und zeigt aufs Glas. Höflich verneint Minotaurus. Der Mann liest. Auf der Fensterbank stehen Kakteen. Minotaurus streckt den Arm aus und berührt die Stacheln vorsichtig mit dem Finger. Sie stechen nicht. Der Mann trägt einen grauen Anzug. Die Ärmel sind zu kurz. Sie sind zu eng. Als er aufsteht, sieht Minotaurus seinen Bauch, der Reißverschluß darunter klafft offen. Minotaurus schämt sich. Der Mann stützt sich mit den Händen auf die Tischplatte und dreht sich zu ihm hin: warst du auch Boxer? Minotaurus schaut ihn blöde an. Na, Boxer! Minotaurus schüttelt seinen Kopf. Kannste doch machen, wenn du keine Arbeit hast, so wie du aussiehst. Anerkennend weist der Mann auf seine Oberarme. Habe ich auch gemacht. Er geht durch die Straßen, vorbei an Zeitungsverkäufern, Blumenhändlern und Bettlern, einem Brezelverkäufer. Minotaurus kauft drei Brezeln und ißt sie langsam. Sie schmecken gut. Er riecht an seinen Händen. Drei junge Leute schauen ihm zu und lachen. Er hat das Salz abgeleckt.

Kehrt in seine Wohnung, ins Museum zurück. Wo waren Sie denn?
Mit Büchern im Arm geht eine Frau vorbei. Wie hochgewachsen sie ist, Minotaurus sieht ihr nach. Mittags sitzt sie an seinem Tisch. Eingeschüchtert schweigt er. Tags darauf ist sie noch da, als er schon schließt.
Gegen Abend die Rufe der Diener in seines Vaters Haus. Ist er nicht trotz allem der Sohn des Königs?
Auf den Treppenstufen vor ihrer Wohnung steht er und wartet.
Enttäuscht geht er, da sie nicht kommt. Oben sieht er Licht.

Er kramt in seiner Anzugtasche, zählt sein Geld, will nicht nach Hause gehen. Die Kellner mustern ihn. Auf einem Wagen wird rohes Fleisch zur Auswahl geboten. Einen halben Meter mißt die Pfeffermühle und ist aus Holz. Der zweite Kellner schenkt ihm Wein ein. Minotaurus staunt: glücklich wähnt er sich im Palast des Königs, den er nie betreten hat. Während er ißt, stehen drei Kellner nebeneinander an der rückwärtigen Wand des Restaurants. Ein älterer, sehr kleiner und dünner Herr fragt, ob man zufrieden sei. Glücklich nickt Minotaurus.

Die Rechnung wird ihm in einem Holzkästchen überreicht. Als er den Deckel öffnet, erklingt ein Glockenspiel. Gesättigt, etwas trunken geht er in die Nacht hinaus. Er sieht ein Schloß. Minotaurus flaniert auf den verlassenen Wegen, im Wasser eines Sees spiegelt sich Licht. Wie dumm, denkt er, ich bin der Königssohn. Soll ich nicht glücklich sein?

Wenn er sie einlüde. Rasch, fast immer geht sie alleine von einem Ort zum nächsten und verschwindet. Behält denn keiner sie im Auge?

Abende steht er auf den Treppen, bis in die Nacht, bis keiner mehr vorbeikommt, er fürchten muß, sich zu verwandeln. Nur er allein, verwandelt sich sonst keiner? In jeder Nacht verliert er seine Stimme. Was er sagen würde, stöhnt in seinem Hals.

Könnte er glauben, daß er träumt.

Wenn er sich nach dem Labyrinth sehnt, sucht er enge Straßen, treibt sich in einem Parkhaus herum, in unterirdischen Gängen zwischen U-Bahnstationen, am liebsten dort, wo eine Baustelle ist, verbrauchte Luft, Bretterwände teilen den spärlich beleuchteten Gang, durch den Staubwolken treiben.

Ihm gefallen die Schienen. Er würde den Schienen nachgehen wie ein verschlafenes Kind.

Die Bäume haben sich verwandelt. Er berührt die kahlen Zweige. Tagelang steht er an einer Straßenecke, Passanten wundern sich, steht einer da, bewegt sich kaum, bettelt nicht, spielt nichts, starr steht er da.
Gib mir Geld für 'ne Gitarrensaite, die ist hin. Minotaurus schreckt zusammen. Das Gesicht stoppelig. Die Augen ziehen sich lang, zucken auf. Seine Nase wittert. Minotaurus gibt ihm ein Markstück. Dank dir auch.

Im Café sieht er zu, wenn Leute aus den Mänteln schlüpfen, sich wieder anziehen. In eine Ecke setzt er sich, beobachtet stundenlang, bis man ihn auffordert zu gehen.
Wie sie die Arme nach hinten recken, die Schulterblätter zusammenziehen, den Kopf zur Seite neigen, einen Schal um den Hals schlingen, das Gesicht verändert sich unter einem Hut, kaum, daß man ihre Körper ahnt. Und immer haben sie eine Stimme.

Wie lange er auch durch die Stadt läuft – immer führen Straße an bekannte Plätze. Immer wieder, und sei es nach Tagen, findet er die Treppen, die Mauern des Museums.

Aus einem Fenster klingt Musik. Er summt sie nach. Steht auf dem Platz, der groß ist, eingesperrt von Häusern, die Fassaden glänzender Stein, die Steine, zurechtgestutzt, strafen die Größe des Platzes Lügen.

Es ist eng für die Musik, denkt er. Wie schön sie ist. Er steht da, ein Polizist kommt vorbei, mustert ihn mißtrauisch, einmal geht er ganz um ihn herum. Minotaurus beachtet ihn nicht. Als im Fenster ein Mann erscheint, richtet er sich auf, als wollte er rufen. Er tut es nicht. Dann lehnt er sich an ein Auto. Der Wind ist kälter geworden, dicke Regenstreifen peitschen gegen seinen Mantel, dessen rückwärtiger Saum fast auf dem Boden schleift.
Den Mann, der vorbeigeht, bemerkt er nicht.

Hastig betritt Daedalus das Restaurant eines Hotels. Lassen Sie uns an diesen Tisch gehen, fordert er sein Gegenüber auf. Im Licht können Sie die Pläne besser sehen.

*

Nach einer halben Stunde entschuldigte ich mich bei meinem Kunden. Ich reichte ihm drei technische Skizzen herüber, die ihn eine Weile beschäftigen mußten, und lief ins Foyer.
Ich hatte ihn schon einige Male gesehen, nachdem er mir im Museum aufgefallen war.
Er mußte Minotaurus sein.
Wie viele Jahre lebe ich hier, nicht fremder als andere und nicht schattenhafter. Man sieht mir keine Herkunft an. Hatte fast aufgegeben zu suchen. Es mußte Minotaurus sein. Die Drehtür klemmte. Ich sah, wie er sich von dem Auto löste, und schrie den Portier an. Im Laufschritt näherte ich mich, aber schon sank er wie-

der in sich zusammen, als wollte er in Ohnmacht fallen.

Kennen wir uns nicht? fragte ich ihn. Erschrocken sah er auf.

Meine Hand, die ihn an der Schulter gefaßt hatte, war naß, ich hatte keinen Schirm, der Anzugstoff saugte sich mit Wasser voll. Noch immer starrte er zum Konzerthaus hinüber, und als dort ein Fenster geöffnet und die Musik deutlich hörbar wurde, richtete er sich gespannt auf.

Die Zeit drängte.

Kommen Sie zu mir, ich werde es Ihnen vorspielen, sagte ich. Vorspielen? Ich deutete auf das Fenster. Sie feiern ein Fest, sagte er und sah mich an. Wir kennen uns, sagte ich ihm. Höflich nickte er. Kommen Sie, kommen Sie am Samstag, ich gab ihm meine Karte, das Fest, ich rüttelte ihn vorsichtig. Wir kennen uns, vergessen Sie es nicht.

Als ich ins Foyer zurücklief, musterte der Portier mich. Lächerlich, dachte ich, einem wildfremden Menschen die Adresse gegeben. Was weiß ich über ihn? Es könnte ein Verrückter sein.

Sie haben seltsame Bekannte, sagte mein Kunde.

*

Wenn er statt zwischen den Schienen auf den Schienen ginge. Es reizen ihn die Metallbänder, die kein Ende haben. Wenn man die Füße vorsichtig setzt, kann man

darauf balancieren. Er muß den Blick nicht länger heben und spürt Erleichterung.
Doch später erinnert er sich an die Berührung nicht. War es kalt? Trug er Schuhe? War es das Geräusch von Hufen? Zögernd betastet er die Sohlen, an seinen Fingern braune Schlieren, sie riechen nicht nach Erde. Horn? Er schließt die Augen und versucht, sich das Geräusch vorzustellen. Kaum ein Geräusch, ein rhythmisches Vibrieren. Unsicher hält er inne. Sind es zwei oder vier Tritte? Sieht er im Spiegel nicht immer das gleiche Gesicht?

Er zählt die Tage bis Samstag. Ein reicher Gastgeber. Feste, nächtelang. Im Haus brennen Kerzen. Auf großen Platten wird Fleisch hereingetragen. Weißgekleidete Kellner gehen mit Flaschen zwischen den Geladenen. Die Frauen tragen dünne Kleider, ihre Arme sind nackt. Der Gastgeber steht abseits. Mein Freund, denkt Minotaurus töricht, er hat mich eingeladen. Trinkt nicht, wartet nüchtern das Ende seines Festes ab. Liebt Männer nicht, liebt Frauen nicht, nennt keine Namen. Schweigend beobachtet er alles.
Die Gäste tanzen.
Da entdeckt Minotaurus in der Menge Anna. Blindlings geht er ihr nach. Anna. Sie dreht sich um. Blind geht er ihr entgegen.

Sein Gesicht: der Mund löst sich, sinkt in den Schädel ein. Zwischen den Knochen verliert er seine Formen.

Unruhig schaut Minotaurus, ob die anderen es bemerken.

Hinaus, denkt er, ins Freie. Die Tür schlägt gegen seine Schulter. Einen Augenblick steht er still. Schweiß rinnt ihm in die Augen.

Warum ist keiner auf der Straße?

Zum Abschied hat er ihn umarmt. Besuche mich, hat er gesagt. Er ist der Architekt, denkt Minotaurus angestrengt, auf Baustellen wird er ihn finden.

Warum sind die Straßen leer? Keiner kommt entlang. Nicht Wind und nicht Motorenlärm. Wo sind die Menschen? Gehört er dazu? Unter einer Bank raschelt eine Zeitung. Leere Bierdosen klappern im Abfall. Eine Sirene möchte er hören. Rückt die Feuerwehr nicht aus?

Erst gestern um diese Zeit hat er getanzt, ungeschickt, vor Annas lächelndem Gesicht. Sie sind das? sagt Anna. Er, Minotaurus, hat ihre Hand genommen und vergißt seinen Freund. Ist es sein Freund?

Er weiß ja, wo sie wohnt, wartet vor ihrem Haus. Sein Haar klebt am Kopf, der Stoff klebt auf der Haut, alles, was er wußte, in Abbruchhäusern geschlafen und nachtlang durch die Straßen gezogen, ist vergessen. Zum Abschied hat sie ihn auf die Wange geküßt. Wie soll man wissen, was ein Kuß ist?

Als sie kommt, ist sie nicht alleine, und das Haus betritt sie nicht alleine, und das Licht in einem Fenster zeigt zwei Schatten.

Minotaurus strolcht durch die Nacht.
Findet seine Wohnung nicht mehr. Er möchte rufen.
Da kein Mensch auf der Straße ist, hört er das Stöhnen
aus seinem Mund.
Er kehrt zurück zu seinem Freund. Daedalus, Architekt.
Nach langem Klingeln öffnet er. Seine Augen glänzen
fiebrig. Du bist es, sagt er. Ich bin krank.
Sie gehen hinein. Der Freund zittert. Mir wird nicht
warm, sagt er und zeigt auf eine Decke.

Alle Tage kommt Minotaurus. Besucht den Freund,
bringt ihm Früchte, bringt ihm Brot. Warum kommst
du? Minotaurus sieht ihn an. Du bist krank, antwortet
er endlich. Du bist mein Gastfreund. Dein Gastfreund? lacht der Freund und hustet. So bist du es
wirklich? Erinnerst du dich an mich?

Dann fällt der erste Schnee.
Jetzt zittert auch Minotaurus. Er zieht es vor, allein zu
sein, besucht selbst den Freund unwillig, hat Anna
ganz vergessen. Sein Fell muß ihn wärmen.
Ungeduldig läuft er, bis ihn keiner sieht, und wartet die
Verwandlung ab.
Die Kälte beißt ihm ins Gesicht.
Wärmend schließt sich das Fell um seinen Leib.

Mich friert, klagt ihm der Freund. Die Decken helfen nicht.

Minotaurus zittert.

Minotaurus legt sich zum Freund, verbindet ihm die Augen, daß der nicht sieht, versucht ihn gut zu wärmen – da gehen ihm die Haare aus. Zitternd sucht er ein besseres Versteck vor Menschenblicken und geht doch immer wieder zu dem Freund.

Minotaurus verliert seine Kraft, er spürt, wie Wärme seinen Körper verläßt, sein dünnes Fell, schütter, und diese Kälte, langsamer als die Zeit, als Hunderte von Jahren, die er im Schattenschlaf fremder Bilder verbracht hatte. Jetzt zeichnen sie dünne Linien in seinem Kopf. Er schüttelt vorsichtig den Kopf, als sei Zerbrechliches darinnen. Kommt es, die Wärme zu ersetzen, die seinen Körper verläßt? Wenn er doch rufen könnte, leise ruft er, Stierstimme, Stöhnen. Kann er sterben? Lebt er?

Als er zu Daedalus kommt, findet er das Haus verlassen. Eine Nachricht erwartet ihn. Er reißt den Zettel von der Tür, läuft auf die Straße. Vor seinen Augen verwischen Bilder.

Es ist nichts, beruhigt eine ältere Frau in einem weißen Kittel Minotaurus, Herzrhythmusstörung, Beobachtung, EKG, EEG, enzephalos, der Kranke habe nach ihm gefragt, obgleich, doch gut, man würde eine Ausnahme machen; sie reicht ihm eine weiße Maske für den Mund, führt ihn hinter Glastüren. Daedalus liegt blaß, erkennt ihn dann, morgen, sagt er, bin ich zu Hause, übermorgen. Was Minotaurus sieht, ist der Bildschirm, die vielfachen Linien, das Pochen, scharfe Kurven, regelmäßig wie ein Gesetz. Ihm wird schlecht, die Frau schiebt ihn aus dem Zimmer, morgen, ruft sein Freund, und Minotaurus fährt mit dem Aufzug hinunter. All die Jahre, zweitausend, dreitausend, hat er geschlafen, ohne Leben, und keiner hat es aufgezeichnet?

All die Linien, die jeden Augenblick seines Lebens aufzeichnen. Nicht seine Gedanken, und nicht die Schläge seines Herzens, das ist gewiß, aber jede Nennung seines Namens und jedes Bild ergeben sein Schattenbild, zuckend über große Bildschirme, weiß auf schwarz. Aber jetzt? wenn Minotaurus zu Besuch ist auf der Erde, und keiner kennt ihn, und der einzige, sein Gastfreund, stirbt – wird er dann vergessen sein, ohne Lethe, ohne Schatten?

*

Daedalus erwacht aus seiner Betäubung. Seine zerschlagenen Glieder schmerzen unerträglich. Immer wieder zwingt er sich in den Schlaf, wacht auf, er sieht seine Hand, knochig wie das Fluggestell. Glückliche Tage waren es, der Bau des Labyrinths, danach das Sammeln der Hölzer, leichte, harte Hölzer für seinen Sohn Ikarus und für sich selbst.

Er selbst hat das Labyrinth gebaut und sich damit gefangen. Minotaurus hat ihn nicht gerührt: der Bau ist kunstvoll. Das Geheimnis ist seine Schönheit, Geheimnis der Proportionen, die zu sehen glücklich macht, und, dachte er in einer Stunde, da ihm die Strafe grausam schien, grausam der Aufwand, um ein Geschöpf zu fangen, wie grausam auch immer selbst, er, Minotaurus, wird Glück empfinden in seiner Gefangenschaft. Lange Zeit war Daedalus nicht bekannt, daß Minotaurus blind sei.

Daedalus ist lange tot. Verwundert wacht er auf.
Im Schlaf kämpft er zu sterben.
Nur Schatten geblieben, kaum das Vergessen, kaum die Erinnerung.

Daedalus, Baumeister.
Nachdem er Minotaurus begegnet ist, wünscht er zunächst, ihm auszuweichen. Kein Bettler, kein Clochard; ein schöner, kräftiger Mensch, und doch etwas Unangenehmes, Bedrohliches.
Traurigkeit verschlungen und ohne Ausweg, denkt er, vielleicht das. Die Echos sind kurz wie Mittagsschatten. Begegnet ihm wiederholt, ein Mann im An-

zug, höflich und wirr der Blick, der Daedalus nicht trifft.

Daedalus lacht bitter. Lacht laut auf, die Schwester tritt rasch an sein Bett, prüft die Schläuche, liest die Geräte. Haben Sie Schmerzen? Nein, sagt Daedalus. Daedalus sagt: Mich friert.
Später fiebert er. Wo ist mein Freund? fragt er die Schwester, die ihn zudeckt.

Minotaurus weiß es nicht. Vielleicht wird er es nicht verstehen. Er ist nicht klug.
Alles, was geblieben ist: die Wiederholung. Die Götter verschwunden. Und noch einmal kreuzen sich ihre Wege, dieselben Figuren treffen sich, müde Körper, von den Namen weitergeschleppt, aus den Schatten gezerrt, und die Feste, das Lachen selten geworden zwischen den Mauern dessen, was er für sein Labyrinth hält. Dasselbe Glück: eine Hand im Licht.
Nein, nicht nur. Würde Minotaurus ihn lieben, wenn er wüßte, daß er der Baumeister, Erbauer seines Gefängnisses, ist? Er, Daedalus, hat die Mauern gebaut, die Minotaurus einschließen, ist selbst geflohen. Ikarus, sein Sohn, ist tot. Selbst die Wärme Minotaurus' reicht nicht hin. Aber er spürt sie. Du bist mein Gastfreund.
Soll das der Trost sein?

Um sie herum die Stadt. Minotaurus klopft mit den Hufen gegen Steine. Die großen Füße Minotaurus' tasten sich nackt, unsicher voran. Keine Hufe. Nur das Gewicht des Schädels, noch immer dumpf, mächtig, zieht ihn voran.

Ein Labyrinth: der Ort, den man, und wider Willen, nicht verlassen will.

Wie hat er sich geirrt? Ein Stierkörper? Nur sein blinder Schädel, Stierstirne und Stierhörner, ein fremder Kopf. Ist er nicht Minotaurus?

Als er den Irrtum bemerkt, steht er geschlagen, starr, nur die Lippen bewegen sich, Lippen?, Maul?, die hilflosen Augen.
Welchem Bild ist er verfallen?
Ist kein Ungeheuer. Tobt nicht.

Er hört Wasser. Die Nacht wird nicht dunkel heute, denkt er, Lichter halten die Nacht ab. Neugierig geht er näher heran, die Lichter halten nicht still, flackern wie Festkerzen auf und ab, von sprunghaften Dienern gehalten. Nur sein Freund kann helfen. Bringe mich doch ins Labyrinth.

*

Er sagt, er sehne sich nach dem Labyrinth.

Wie soll er wissen, daß ich, Daedalus, es bin, der es erbaut hat, der nicht noch einmal ein Labyrinth bauen wird.

An Minotaurus, dachte ich, werde ich meinen Sieg über die Götter beweisen: ich, Baumeister, werde bauen, doch nicht das Labyrinth, nicht die dunklen Gänge, in denen jeder Weg zum Anfang führt und jeder nur sich selbst begegnet. Ihren, nicht des Königs Befehl, der selbst, ehe er Richter im Schattenreich wurde, nur Puppe war, seiner Begierde nach einem weißen Stier unterlegen, ihren Befehl würde ich mißachten und ihre Macht, die Wiederholung heißt, durchbrechen.

Soll Minotaurus, das Ungeheuer, frei sein und Unheil bringen – ich würde nicht der sein, der es auf Geheiß der Götter einsperrt.

Habe ich mich getäuscht, oder habe ich geträumt?

Ein Ungeheuer. Einsam sei er, dachte ich.

Doch statt eines Ungeheuers habe ich nichts als ein trauriges Geschöpf gefunden.

Machtlos, da keiner es erkennt.

Lange habe ich darüber nachgedacht, warum keiner ihn erkennt, warum auch ich, der ich als Mensch unter Menschen lebe, ihn fast nicht erkannt hätte.

Erst jetzt habe ich begriffen: durch ihn, Minotaurus, strafen die Götter mich und mit mir die Menschen.

Zwar vermag ich helle, spiegelnde Gebäude zu erbauen, und sie können es nicht hindern.

Aber was die Kraft des Minotaurus war, ist nicht länger Kraft, und grotesk wäre es, ein Labyrinth für ihn zu bauen. Denn was er war, kann nicht mehr existieren und wird nicht mehr erkannt: Doppelnatur. Zwitterwesen.

Minotaurus existiert nicht mehr.

Ich, der ich Mensch war und Dinge erfunden habe, war an seiner Zeugung beteiligt und habe die Götter, ihren Stier, getäuscht, für einen Menschen, eine Frau.

Minotaurus war ihrer Macht entzogen. An ihm konnte sich Metamorphose nicht vollziehen: Zwitterwesen von Anbeginn, war er gegen Verwandlung gefeit, Verwandlung, das grausame Spiel der Götter, ihr zweites Spiel neben unnachgiebiger Wiederholung. Ohne es zu ahnen, habe ich die Herausforderung des Menschen an die Götterwelt geschaffen. Der Zwiespalt feit uns gegen die Verwandlung, die nichts ist als Verstummen: stummes Holz, das sich zum Himmel reckt. Stöhnendes Tier, das keine Rede hat. Fühlloser Stein, Plappernder Vogel mit leeren Worten. Ihr Wiederhall, Echo, das tödlich die Schönheit verdirbt.

Deswegen ist es so still um Minotaurus, seine Geschichte kaum aufgezeichnet; deswegen ist seine Wirkung groß und wird sein Name ein ums andere Mal genannt und seine Gestalt beschworen. Minotaurus, der einer ist und Zwienatur.

Hier hat er sie verloren: verwandelt sich von Mensch in Stier. Verliert selbst die Trauer seiner Einsamkeit, die Kraft war, wird ein betrübt armseliges Geschöpf, das niemand erkennt, mich nicht erkennt, mir Zuneigung entgegenbringt und glaubt, mich mit seinem Fell zu wärmen, Früchte und Brot bringt, damit ich gesunden solle. Und welcher Preis: daß er mir die Augen schließt, ich ihn nicht sehe und er als Tier mit seinem Fell meinen Körper, der kalt wird, wärmt.

Wir haben es nicht erkannt, haben ausgespielt und sind besiegt, taugen kaum zum Bühnenbild, zu keinem Theaterstück, sind keine Verwandlung wert: ohne Auflehnung verstummen wir.

Minotaurus' Bitte, schüchtern fast: ein Fest. Kerzen. Und endlich: zurück wolle er ins Labyrinth.

Zu spät. Das Labyrinth, verschlungene Gänge, die sich selbst begegnen, in denen, wer sich hineinwagt, sich selbst begegnet; ein verfängliches Gebäude in der Tat. Verfänglich für die Götter.

Erst jetzt begreife ich, daß es zum Wohl des Minotaurus war. Ihn verstecken? – ihn schützen sollte es!

Und ich, der meinte, Auflehnung sei es, nicht noch einmal ein Labyrinth zu bauen, ich hätte es wohl nicht vermocht. Muß statt dessen machtlos zusehen, wie Minotaurus dem grausamen Schicksal seiner Verwandlung täglich unterliegt und nicht versteht, aufs neue verstummt, kein Monstrum, ein Museumswärter, den die Hände einer Frau im Licht bezaubern, wird sich wundern, daß ihm der Kopf schwer ist, dumpf durch die Straßen irren auf der Suche nach einem Schlupfwinkel, damit sein Fell ihn wärmt: der Sohn des Königs.

Vielleicht hat Minos es geahnt, wie ich es gespürt haben mag und Minotaurus', nicht Ikarus' Bild mich verfolgt hat.

Nun bin ich hier, ein Architekt, und sterbe. Mein Sohn ist tot. Abend für Abend warte ich, daß Minotaurus kommt, und seine Sorge ist größer als meine. Doch jetzt, jetzt fürchte ich, er werde zurückbleiben, ausgeliefert, einsam. Besser, ihn zu töten?

Wenn er heute abend kommt. Seine Augen, die glaubten, sie seien blind. Ihre Hände, hat er mir gesagt, hielten eine Kerze: erinnerst du dich?

Aber ich hatte Fieber, und ich begriff es nicht.

Ich habe sie noch einmal gesehen, sagte er, nach dem Fest.

Er habe sich in letzter Zeit gerne auf den Baustellen aufgehalten. Meinethalben? Es wird das Licht sein, das ihn anzieht, die Scheinwerfer, Blinken der Baufahrzeuge nachts, das Wasser. Ich habe Fieber. Liege wach und warte. Sie haben, trotz aller Bemühungen, all ihrer Aufzeichnungen keinen Fehler entdeckt an meinem Herz. Es fehlt ihm nichts. Nur friert mich. Nur die Zeit.

Ich habe seine Schläge gesehen, sagt Minotaurus. Wie still er dasitzt. Wärme mich doch, sage ich und halte ein Messer an meiner Seite. Ja, sagt Minotaurus.

Charon

Nachts stehen sie am Rand im Dunkeln, im Niemandsland zwischen Straße und Bürgersteig, als warteten sie
auf ein Taxi, als lauerten sie auf einen Passanten.
Sie stehen da und bewegen sich nicht. Einige von ihnen
stehen dicht am Radweg, und es scheint, als hofften sie,
jemand möge ihnen ins Gesicht schauen. Aber die Lebenden sehen die Toten nicht.
Ihre Gesichter sind so dunkel oder hell wie das Licht
ringsum. Sie verschwinden, lösen sich gleichmäßig im
Straßenlicht auf zu unscheinbaren Flächen. Durch die
Gesichtsflecken, Gesichtsleeren hindurch kann man
die andere Straßenseite beobachten, die Autos, Katzen,
ein Fenster. Unheimlich wäre es, an ihnen vorbeizufahren, wenn man sie sehen müßte.
Und niemals ein Laut. Stille. Ovale Schatten die Gesichter, langgestreckte Schatten die Körper, die sich angesteckt haben an der Lautlosigkeit, unsichtbar, da sie
unhörbar sind, und plötzlich möchte man klagen, eine
Stimme für keine Stimme, klagen, daß sie nicht klang-
los verschwinden, nicht lebendig und nicht tot, untot,
denn sicher sind es all die Gestorbenen des einen Tages,
noch nicht begraben, die Toten eines Tages, nicht einmal aufgefunden, liegen noch immer, wo sie hinge-
stürzt sind, noch ist keiner benachrichtigt und noch
sind die Namen nicht gezählt; in der Stadt bleiben Tote
über Nacht.

Gerade zwischen Bürgersteig und Straße stehen sie, an Brückengeländern oder sonst am Wasser, aber immer dort, wo Passanten sind, wo Autos fahren und vielleicht ein Schiff, denn tatsächlich fahren Lastkähne durch die Stadt, so daß die Toten Hoffnung haben können, mit den Narren übers Wasser zu reisen, fort aus der Stadt und fort aus ihrem Leben, das schon fremd ist und blaß.

Sie sind schon fremd. Weil sie fremd sind, bewegen sie sich nicht.

Die Hunde laufen durch sie hindurch. Fahrradfahrer streifen sie. Es ist ihr Schrecken, daß sie machtlos sind: kein Körper, der schmerzt. Kein Körper, der zärtlich ist. Kein Blick, der ihnen zurückgegeben wird. Im Niemandsland stehen sie und warten. Die Toten. Die Untoten.

Charon sitzt auf einer Bank, und das Wasser fließt nicht. An jedem See, jedem Kanal und Fluß hat er einen Kahn. Er möchte sie alle zählen, die Schäden beheben, und wenn nachts Arbeiter die Gleise oder die Straßen ausbessern, denkt er daran, sie um etwas Teer zu bitten.

Er sieht das stehende Wasser und denkt an all die Ruderschläge, deren es früher bedurfte, um auch nur einen einzigen Toten hinüberzufahren. Jeden Toten einzeln. Das Erstaunen auf den Gesichtern. Gleichmäßiges Erstaunen. Selten der Schatten einer Empfin-

dung, die über das Gesicht huscht und keinen Platz
findet, sich niederzulassen.

Es kommt vor, daß er sich täuscht.
Einmal sitzt neben ihm ein Mann in einem dicken,
grauen Jackett, um den Hals hat er einen roten Schal
geschlungen. Er ist etwa vierzig Jahre alt. Einen Moment ist Charon verwirrt, und wäre nicht der rote
Schal, dächte er, es sei ein Toter, der säumig war.
Aber die Farben, die ein Toter tragen könnte, verblassen schnell. Längst wäre der Schal nicht mehr rot. Früher, denkt Charon, waren sie leichter zu unterschei-
den.

Er schaut aufs Wasser.
Wenn es spät im Jahr ist. Verpaßt ein Toter die Abreise,
dann kann es lange dauern, bis er sich auf den Weg
macht. Immer im Herbst, denkt Charon. Als merkten
sie den Unterschied nicht, spürten nicht den Tod. Das
Licht, es muß das Licht sein.

Ein Paar weckt seine Aufmerksamkeit. Sie gehen langsam. Er zieht seinen Mantel aus und legt ihn um ihre
Schultern, lacht laut, der Mantel ist zu schwer.

Charon fürchtet den Winter, wenn die Flüsse, Kanäle
zufrieren und selbst die großen Seen, alles Wasser; die

Toten warten. Man hört sie nicht, das leise Sirren ihrer Bewegungen, leise Reibung von Knochen und Sehnen, ganz nahe müßte man bei ihnen stehen, und die Stadt müßte aufhören mit ihrem Lärm. Nur Charon hört sie, und es quält ihn; aus jedem ihrer Geräusche die Geschichten, ihre Geschichte zweimal und unvereinbar, was sie erzählen, was ihr Körper selbst erzählt, aufzählt, die Gänge und Krankheiten und das aufgeregte oder schmerzhafte Zucken der Hände und die Kälte der Ohren und aufgesprungene Lippen, rückwärts aufgesagt, bevor die Körperteilchen sich zerstreuen. Zwei Geschichten, und Charon sieht das Staunen und den Schrecken in ihren Gesichtern, fremd das eigene Leben, ungläubige Mienen, fremd.

Das einzige, was Charons Hände berühren, ist der Kahn, wenn er ihn vom Ufer abstößt, ans Ufer zieht, nur der Kahn, und gleichgültig, welches Wasser und welcher Toter, immer ist da der Kahn, und seine Hände spüren das Holz.

Er fürchtet die windstillen, kalten Tage ohne Schnee, wenn das Wasser schnell zufriert, durchsichtig und spiegelblank das Eis, kaum sichtbar und trügerisch. Schon im Herbst packt ihn Furcht. Im Herbst, wenn vor den Blumengeschäften Kübel voller Astern und Dahlien stehen.

Manchmal warten sie hilflos am zugefrorenen See, gehen am Ufer hin und her und haben Zeit, halblaut ihre

Geschichten herzusagen. Und er hat Zeit zu hören, kann sie sehen, und sie sehen ihn nicht, bis er das Boot berührt. Sie kann er nicht berühren und hört sie doch erzählen, von Mißgeschicken, die sie nicht freigeben, von Versäumnissen; noch haben sie Sorgen, sie wissen nicht, daß ihnen diese unruhige Sorge als ein Glück erscheinen wird, wenn sie sich nur noch an das Vergessen erinnern. Wir haben alles vergessen, werden sie murmeln, und Charon beneidet sie, die noch die Berührung von Menschen und Dingen zu spüren scheinen, deren Haut beinahe noch warm ist.

Er sieht, nie mehr als das, sieht alles. Er sieht eine junge Frau, die vor dem Spiegel steht und sich schminkt, sie ist schön, ihr Hals ist lang, rechts über der Schulter ein Muttermal. Er sieht eine Frau wütend die Tür ins Schloß werfen und die Treppen hinunterlaufen, und aus dem Fenster ruft ein Mann.

Andere bereiten ein Fest vor. Sie stellen viele Gläser und Teller auf einen langen Tisch, Kerzen dazu, den ganzen Tag haben sie gekocht, jetzt warten sie auf das erste Klingeln an der Tür.

Er geht an den Schaufenstern vorbei. Haushaltswarengeschäfte. Töpfe. Geschirr. Er stellt sich vor, daß er eine Wohnung einrichtet. Stühle. Ein Tisch und drum herum Stühle. Und eine Lampe. Eine Stehlampe, gelbliches Licht. Er würde Gäste haben, und abends würde man sich um den Tisch versammeln, bis Mitternacht würden sie Wein trinken, und kurz nach ihnen würde auch er die Wohnung verlassen, vielleicht sogar ein

Bett kaufen, um sie nicht zu beunruhigen. Die Menschen schlafen. Anders kennen sie es nicht.

Aber, denkt er traurig, es ist unmöglich. Sie würden es ja nicht begreifen, daß ich sie nicht begrüßen, ihnen die Hand nicht geben kann. Sie würden mich nicht bemerken, nicht wissen, wer ihr Gastgeber ist, und beunruhigt wieder aufbrechen.

Eines Nachts geht er in eine fremde Wohnung. Er deckt den Tisch. Sie sind verreist. Die Pflanzen vertrocknen. Auf den Blättern Staub. Er hält das schwere Besteck in den Händen, schwer muß es sein, denkt er und spürt nichts, nicht die Kälte des Metalls und kein Gewicht. Oft fallen ihm die Dinge aus den Händen. Beschämt schiebt er mit dem Fuß die Scherben einer Schüssel zusammen.

Am Ufer laufen sie hin und her. Er hätte, wäre nicht das Eis, viel zu tun.

Einmal, es sind bald tausend Jahre her, war es ein Fest. Singend kletterten sie in den Kahn. Drängten sich zu mehreren, warfen ihre Kleider, die weißen Hemden ab. Vielleicht wird es zum Ende dieses Jahrtausends ähnlich sein?

Es ist die Versonnenheit, sind die versonnenen Toten, die ihm am meisten zu schaffen machen. Als hätten sie eine Kleinigkeit vergessen, eine freundliche Geste, hätten vergessen, etwas auszurichten, und lange Wochen wird einer sich den Kopf zerbrechen, sie sind eine Antwort schuldig geblieben. Und wollten nur einmal Schlittschuh fahren, ganz bestimmt im nächsten Winter. Ein nachlässiger, kleiner Gedanke, der sie im Moment ihres Todes gefangenhält und darüber hinaus.

Dann sieht er zum zweiten Mal den zu großen, zu häßlichen Mann, und neben ihm die Frau, ein langer Hals, darauf ein Gesicht, das schön ist.
Ein drittes Mal läuft dieser Mann Charon über den Weg, mit lauter Stimme redet er, ihm gegenüber ein grauer, verschüchterter Mantel, in dem sich jemand ängstlich hin- und herbewegt.
Zum dritten Mal trifft Charon ihn und würde gerne glauben, daß es unmöglich derselbe Mann sein könne, groß, ein Schädel, quer der lippenlose Mund und seine dicken Hände, die sich auf den Nacken der Frau legen. Für sie kauft er Blumen, dann ein Parfüm, seine Finger zeigen kurz auf einen Strauß, eine Flasche, und während die Verkäuferin einpackt, steht er in der Tür, daß die anderen Kunden sich vorbeidrängen müssen.

Es verletzt Charon, daß seine Aufgabe nur symbolisch ist. Nicht ans andere Ufer, sondern bloß mit dem Kahn ins Wasser, einmal abgestoßen vom Land, einige Meter, gerade so, daß Wasser das Boot umgibt, und wenn er weiter hinausrudert, so ist das sein Belieben, nicht mehr als das, müßig.

Wäre nicht jedes Wasser zugefroren, selbst die Leitungen frieren ein, so hätte Charon ihn vielleicht nicht bemerkt oder hätte ihn bemerkt und vergessen, aber jetzt, da er nichts zu tun hat, gelangweilt durch die Stadt läuft und selbst in fremde Wohnungen hinein, jetzt trifft er immer wieder auf diesen dicken, lauten Menschen, sieht seine plumpen Hände nach der Frau greifen. Einmal sitzt er ihnen gegenüber, hat lange Gelegenheit, sie zu beobachten. Eine Stunde betrachtet er ihr Gesicht, ohne daß ihm langweilig würde, er muß sich zwingen, den Blick abzuwenden, ihr Haar, das grau ist um ihre glatte Stirn, die dünnen, geschwungenen Nasenflügel, oder es ist der Mund, jede Linie; er staunt über so viel Ebenmaß. Staunt glücklich, ein leichtes, heiteres Glück, daß ihn die quälende Zeit vergessen läßt, bis die rötliche Hand ins Bild fährt, ein lautes Lachen und ein lauter Kuß, als sollte die Lautstärke dafür aufkommen, daß der häßliche Mensch keine Lippen hat, denkt Charon angeekelt. Und faßt mit beiden Händen nach ihr, redet dicht an ihrem Gesicht und hält mit beiden Händen ihren Hals fest, und Charon sieht ihr Gesicht nicht mehr.

Auch alleine ist er laut, stampft aus einer Bank heraus, hinein ein Bürohaus, winkt einem Taxi und fordert im Café energisch den besten Platz. Er faßt alles an. Für einen so schweren Menschen sind seine Arme lebhaft wie Tentakeln, wie zitternde Spürhunde, Saugnäpfe, eine gierige Litanei.

Charon steht am Seeufer, scharfer Wind und kaltes

Licht, seine Gestalt spiegelt sich im Eis. Eine lange, dünne Gestalt. Selbst die Arme und Hände schmächtig. Und wäre er nicht Charon, würden nicht einmal die Toten ihn wahrnehmen. Und wollte er es auch, ihm würde es nicht gelingen, die Stimme zu heben und anderen den Weg zu versperren. Spürte er auch, was er anfaßt, er könnte nicht nach den Dingen greifen.

Doch ihm, dem kräftigen, dem häßlichen Mann gehorchen selbst tote Gegenstände, unbewegliche, starre Gegenstände geben seinem Griff nach, beugen sich seinem Willen, die Autos halten an, die Ampeln werden grün, von selbst gehen die Türen auf, und Wände weichen zurück. Willig lächelt man ihm zu. Da er es eilig hat, stößt er ungeduldig einen Bettler beiseite. Da er beschäftigt ist, hört er dem eifrigen Angestellten nicht zu. Er hat Untergebene. Wie zufrieden sie sind, er zahlt gut, sie danken es ihm, er schenkt ihnen Theaterkarten, die er nicht braucht. Charon folgt ihm, beschattet sein Kommen und Gehen, das große Haus, ein Gärtner, eine Köchin, die auch putzt. Zweimal die Woche ein Masseur und jeden Morgen Hanteln. Da, sehen Sie, prahlt er und hebt mit Leichtigkeit die füllige Frau seines Geschäftspartners hoch in die Luft. Das nennen Sie sauber, brüllt er den Kellner an und wischt das Glas vom Tisch.

Charon haßt ihn.

Wären die Seen, Kanäle, selbst der Fluß nicht zugefroren, und ratlos stehen die Toten an den Ufern, stehen an den Straßen und warten und wissen nicht worauf, wäre er nicht zu Müßiggang verurteilt. Charon haßt ihn.

Nicht über den Fluß, nicht ans andere Ufer rudert er die Toten, es gibt kein anderes Ufer mehr. Rudert kaum, kaum ein paar Meter aufs Wasser hinaus: die Toten sind tot.

Da es kalt ist und Charon sieht, wie die Lebenden frieren, betrübt es ihn: er friert nicht, kennt Kälte nicht, und selbst der eisige Wind läßt ihn nicht schaudern, während die Vögel tot von den Bäumen fallen, die Ratten in den Straßen sterben, die Pflastersteine knirschen.

Und immer wieder streckt er die Hand aus, berührt das Metall der Laternenmasten, Straßenpfosten, versucht sich vorzustellen, die Berührung sei brennend kalt, und Haut löse sich in Fetzen. Niemals zuckt er zurück.

Er spricht eine junge Frau an, und anderntags sieht Charon die beiden, sie fast noch ein Mädchen, und jetzt tut seine Stimme leise. Auch nach ihrem Nacken greift er, und Charon haßt ihn.

Da Charon sieht, wie sicher und bestimmt er jede Straße überquert, strauchelt er selbst und stolpert; und wäre er nicht Charon, von Berufs wegen unfähig zum Tod, so würde er überfahren. Seine Schritte dagegen würden festen Untergrund schaffen, wo ein Sumpf ist. Charon haßt ihn.

Charon sieht ihre Knöchel. Ihre Handgelenke. Er sieht, wie sie vor einer Galerie auf und ab geht und wartet. Sie friert. Noch immer wartet sie, und immer noch kommt er nicht. Charon beobachtet, wie sie unruhig wird, ihre Unruhe sich verliert, ganz ruhig steht sie an einen Pfosten gelehnt, anscheinend teilnahmslos in der Kälte, im Wind, und als es dunkel wird, fängt es an zu schneien. Der Mann steigt aus einem Auto, winkt ihr zu und beugt sich zum offenen Fenster, um mit dem Fahrer zu sprechen. Da sie sich nicht rührt, ruft er ihr ungeduldig etwas zu. Wo bleibst du denn? brüllt er durch den Wind, als der Wagen davongefahren ist, beschimpft sie, da er begreift, die Galerie ist geschlossen, wüste Redefetzen durch das Schneegestöber, und sie blaß und unbewegt, bis er sie am Arm packt und mitzieht.

Charon haßt ihn. Sie sieht er nicht mehr. Der Mann zeigt sich im Theater mit seiner jungen Freundin, er trägt bunte Krawatten, er hat sich einen Pelzmantel gekauft, eine Pelzmütze dazu, und noch immer sind Kanäle und Seen zugefroren.

Charon, der die Toten fährt, und jetzt selbst das nicht mehr, ist keinem sichtbar, keiner nimmt ihn wahr, und keiner erinnert sich an ihn: es gibt ihn nicht.
Charon, der nichts zu spüren vermag als das Holz des Kahns und der Ruder, ist ohne Einfluß. Ihn ekelt, wenn er an den massigen Menschen, den Stiernacken,

das rote Gesicht, die riesigen Hände denkt. Charon, schmächtig und machtlos. Noch immer warten die Toten ratlos an den Ufern, und es werden mehr. Viele sterben in der Kälte, auch ihr Gesicht erkennt er, die geschwungenen Nasenflügel, das Haar grau über einer sehr glatten Stirn, ist dabei.

Von nahem sieht er, die Stirn ist nicht länger glatt. Von nahem sieht er ihr erschöpftes Gesicht, das die Krankheit ausgezehrt hat, sie ist nicht länger schön. Charon, den die Toten nicht sehen, bevor sie nicht den Kahn besteigen, kann mit ihr nicht sprechen. Rastlos läuft sie vom Kanal zum Fluß. Ein lauthalses Schluchzen vor dem Krankenhaus. Eine Spur von Bedauern auf dem Gesicht des Mannes. Eine dunkle Krawatte. Überall die Hände, greifen nach Besteck und Essen und Papieren, unterschreiben, zerreißen, wischen sich über den lippenlosen Mund, schnell bei der Hand, diese Hände, und schon tief ins Haar der jungen Frau gewühlt, ziehen ihren Kopf nach hinten, dann sein lauter Kuß.

Der Ekel schleicht immer weiter, gräbt sich tiefer ein, nicht mehr bloß Widerwille, sondern Abscheu, böse, unablässige Leidenschaft. Charon möchte ihm auflauern, ihn schwach und hilflos, gedemütigt sehen, den mächtigen Körper schlaff hingestreckt, und Blut zwischen den dünnen Lippen, so wie sie vielleicht Blut gehustet hat.

Charon, der der Meister der Toten war. Dem man die Münze zahlen mußte, um über den Fluß zu gelangen.

Ohne den keiner ins Schattenreich kommt, keine Ruhe, kein Vergessen ohne ihn. So wie jetzt die Toten ratlos am Wasser, selbst an den Straßenrändern stehen; und wäre der da tot, könnte er ihn ewig am Ufer lassen, das steht in seiner Macht. Aber jetzt sind der Abscheu, sein Haß zu groß, ebenso groß wie sein langer, dünner Körper, der keine Berührung spürt, machtlos ist. Charon, der Meister der Toten, kann niemanden töten.

Nichts kann er ihm antun. Es quält ihn, daß er diese verhaßte Masse Fleisch nicht verletzen kann. Der Fährmann ins Schattenreich macht sich selbst zum Schatten, folgt sklavisch, schmächtig einem Lebenden und phantasiert von Mord und Totschlag.

Lächerlichkeit demütigt ihn, doppelt lächerlich, da er untätig ist, und die Kähne, die er im Wasser hat liegen lassen, splittern, weil das Holz austrocknet, unter dem Druck des Eises.

Er denkt an Gift. Gift, das ohne ihn, ohne seine Hand wirkte und seiner Kraft nicht bedarf.

Es zu beschaffen, fiele ihm leicht. Ein Leichtes, etwas Pulver im Restaurant unbemerkt ins Glas zu geben. Wäre die Befriedigung auch nur halb, da der Körper unversehrt bliebe, nicht durch seine Berührung verletzt, keine Wunde, kein Blut, doch er würde ihn tot sehen und mit den anderen ratlos und könnte ihn stehenlassen, blindlings und rastlos durch die Stadt irren lassen nach seinem Belieben.

Er beschafft sich das Gift. Als er es bei sich trägt, begreift er, daß auch dieser Anschlag mißlingen muß: sieht die Toten und begreift das Verbot. Ihm allein ist verwehrt zu töten. Da hört er ihn lachend um die Straße biegen, hört, wie er lachend einem Kellner den schweren Mantel hinwirft und vergnügt brüllt, als dieser fast zusammensinkt. In dieser Nacht ist er betrunken. Vielleicht Kollegen, mit denen er ißt, drei Männer, seine Freundin sitzt neben ihm, ein lauter Tisch, die anderen Gäste sehen herüber. Meine Frau ist tot, brüllt da der Mann, es lebe meine Frau, brüllt er und küßt lippenlos die junge Frau. Ein Blumenhändler kommt, hält einen Arm voll Rosen hin. Charon will sich abwenden, als er sieht, wie das dicke Bein sich vorstreckt, aber zu spät, schon stürzt der Blumenhändler, die Rosen verstreut auf dem Boden.

Endlich wird es warm, und noch eine Woche, bis das Eis taut. Sie scheinen es zu spüren, schwärmen in Haufen aus und lagern dichtgedrängt am Wasser.
Charon prüft die Ruder. Die Berührung macht ihn glücklich und selbst der Splitter, der sein Hand verletzt. Seine Zeit in der Stadt ist vorbei, er wird nicht mehr durch die Straßen wandern, wird das Wasser kaum verlassen, so zahlreich die Toten, wie unruhige Zugvögel, so viele Tote täglich, vorbei der aufgezwungene Müßiggang, die quälende Untätigkeit endlich vorbei. Es freut ihn nicht lange; zu sehr hat er sich daran gewöhnt, diesen Menschen zu beschatten, hat sich an seinen Haß und Ekel gewöhnt, kann ohne die-

sen Abscheu kaum noch sein. Folgt ihm nachts bis an sein Zimmer, steht neben seinem Bett und hört die häßlichen Geräusche seines Schlafes.

Wie seltsam leer es in ihm ist. Charon, den Kahn beladen, stößt vom Ufer ab. Es wäre damit genug; kein anderes Ufer in Sicht, nur vom Land müssen sie sich lösen für einen Augenblick, da der Fluß Lethe längst versickert ist, einen Augenblick auf dem Wasser, bis sie die Augen verlieren, die Toten, ihr Gesicht verlieren und die Erinnerung.

Sie hat mit der Hand die Kaimauer berührt – so viel Kraft hat die Berührung ihrer flachen Hand mit den Steinen, daß er mit aller Macht rudern muß. Ein leiser Seufzer, als sie blaß wird, durchscheinender noch als im Krankenhaus. Blindlings rudert er den Fluß entlang, hält nicht ein und rudert bis zum See, immer weiter rudert er, die Hände fest um die Ruder geschlossen, verzweifelt, als könnte er selbst vergessen. Blindlings Haß und Trauer, als er zusieht, wie ihr Gesicht undeutlich wird, nichts mehr von ihrer Schönheit bleibt, Schatten wie die anderen auch und für immer.

Könnte er doch sterben, denkt Charon und spürt, wie der Haß stumpf wird, sich eine stumpfe, fühllose Schicht auf seinen Händen bildet, bis er das Holz der Ruder nicht mehr spürt und blindlings weiterrudert. Könnte er doch sterben.

Nachts stehen sie am Rand im Dunkeln, im Niemandsland zwischen Straße und Bürgersteig, als warteten sie auf ein Taxi, als lauerten sie auf einen Passanten.

Sie stehen da und bewegen sich nicht. Manchmal führt der Radweg dicht an ihnen vorbei, und es scheint, als hofften sie, einer möge ihnen ins Gesicht schauen. Die Lebenden sehen die Toten nicht.

Ihre Gesichter sind so dunkel oder hell wie das Licht ringsum. Sie verschwinden, lösen sich gleichmäßig im Straßenlicht auf, unscheinbare Flächen, man kann durch die Gesichtsflecken, Gesichtsleeren hindurch die andere Straßenseite beobachten, die Autos, die Mauern einer aufgelassenen Fabrik. Unheimlich wäre es, an ihnen vorbeizufahren, müßte man sie sehen.

Und niemals ein Laut. Stille. Ovale Schatten die Gesichter, langgestreckte Schatten die Körper, die sich angesteckt haben an der Lautlosigkeit, unsichtbar, da sie unhörbar sind, unsichtbar und immer zahlreicher.

Gerade zwischen Bürgersteig und Straße stehen sie. Manchmal auch an Brückengeländern oder sonst am Wasser, aber immer dort, wo Passanten sind, wo Autos fahren und vielleicht Schiffe; tatsächlich fahren Lastkähne durch die Stadt.

Aber da kommt kein Kahn und kein Fährmann.

Die Hunde laufen durch sie hindurch. Fahrradfahrer streifen sie. Es ist ihr Schrecken, daß sie machtlos sind: kein Körper, der schmerzt. Kein Körper, der zärtlich ist. Kein Blick, der ihnen zurückgegeben wird. Im Niemandsland stehen sie. Die Toten. Die Untoten.

Morpheus oder Der Schnabelschuh

Schaut euch den Geck an! ruft einer. Zwei Edelfräulein tuscheln, als er vorbeigeht.

Lässig lehnt Morpheus sich einen Moment an das Portal des Schlosses, kreuzt die Beine und betrachtet seine Füße. Er hat eine Vorliebe für Schnabelschuhe. Schnabelschuhe, deren Spitzen länger sind als der eigene Fuß. Das Bein gerade vorgestreckt, lange Schenkel und wohlgeformte Knie. Er wirft die Locken zurück, blickt über den Platz, fühlt die Blicke, die sich auf ihn, den Günstling des Königs, richten, nimmt den silbernen Haarreif ab und geht hinein.

Zweimal tausend Jahre hat er geschlafen, schlafend die Götter überdauert, und sein Name ist vergessen: keiner schickt nach ihm aus. Es ist ihm angenehm, denn die Botengänge als Traumgestalt hat er nie geliebt. Die Botengänge, denkt er, waren von schlechtem Geschmack diktiert. Er lümmelt in einem gepolsterten Stuhl und träumt vor sich hin. Endlich darf er träumen, wie er will. Seine Träume müssen keine Geschichte erzählen, nichts voraussagen. Sie haben keine Bilder. Träume wie leere Spinnweben, Gespinst aus Luft und leisem Wind oder ein sachtes Wehen blasser Farben.

Wie schön, sagt Morpheus und freut sich, daß er seine Brüder los ist. Nur dies interessiert ihn, wie früher schon: wechselnde Gewänder ohne Botschaft und ohne dienstbaren Traum, Stoffe, die zu seinen eigenen

Träumen passen, schimmernd und einfarbig, Samt und ein fein gezeichnetes Muster, flatterndes Gewebe, fließendes Gewebe und Duft leichter Parfüms, als wäre nur das Nichtigste von den nichtigen Träumen geblieben, die zerstreut um Hypnos lagerten, damals, singt Morpheus heiter, in der Cimmerischen Höhle, lautloses Dunkel verwobener Nebel, Dämmerung zweifligen Lichts.

Eitel nennen ihn sein Vater Hypnos, der ungern die Augen öffnet, und seine Brüder Icelos und Phantasos. Eifersüchtige Griesgrame, flüstert Morpheus über den trägen Leib des Schlafs hinweg, und die hochfahrende Antwort bleibt seinen Brüdern im Hals stecken, als Vater Hypnos drohend schnarcht und sich mißlaunig herumwälzt. Erst vor der Höhle wagen sie laut zu werden, alberner Geck, rufen sie ihm nach, als er schon davonflattert, ein schillerndes Gewand im Flug, ein Kranz aus Mohn, dessen Blüten sich wie eine Spur aus Blutstropfen hinter ihm herziehen, rot leuchtend als Zeichen vergeblicher Flucht.

Er sieht es, als er sich umwendet. Ihrer Reichweite entkommen, rastet er. Sie werden ihn aufspüren, die Brüder, in den Gestalten, die ihm am meisten zuwider sind: lang sich dehnende Schlange Icelos, fades Gestein, stumpfes Erdreich Phantasos. Langweiliges Volk, murmelt Morpheus melancholisch und spielt mit den Riemen seiner Sandalen. Und wirklich schleifen, stümpern sie heran, Phantasos laut holpernd, Icelos Staub aufwühlend, daß Morpheus sich hustend schwarze Streifen übers Gesicht wischt. Paß auf, zischelt Icelos, deine Locken werden schmutzig! Gib acht, schwappt Phantasos, der sich in ein Schlammloch verwandelt hat, deine hübschen Beine werden krumm, wenn du so behäbig durch den Morast watest! He, krächzt Icelos, zum Vogel verwandelt, der Morpheus' geschmeidigen Rücken mit seinen Krallen zerkratzt, was hast du für häßliche Streifen auf deinem Nacken? Und Morpheus bedeckt mit den Händen seinen Hals, als Phantasos ihm mit brennenden Nesseln die Beine schindet, während Icelos als Hirsch ihm die zierlichen Füße zertrampelt, machtlos ist Morpheus, der von Menschengestalt zu Menschengestalt wechselt und doch unterliegt.

Stöhnend liegt Morpheus im Schatten eines Baumes, schreckt hoch. Ist es womöglich... ist Phantasos der Baum und wird ihn mit dornigen Zweigen quälen? Er schleppt sich zu einer Quelle, sieht entsetzt seine verzerrte Gestalt, schreckt ängstlich zurück, als er die flirrenden Flügel einer Libelle an seinem Gesicht spürt. Ist es ein weiterer Anschlag Icelos', und im Bach Phantasos als glühend heiße Strömung, die ihm die Hände beim Wasserschöpfen verbrennen will? Morpheus liegt ermattet im Gras. Nein, es ist eine Libelle, Morpheus richtet sich auf und beobachtet den schlanken Körper, der blau und grün schimmert. Solch ein Stoff, denkt Morpheus, wer solch einen Stoff hätte, der schimmert und changiert und täuschend mit den Farben spielt. Aber er muß dankbar sein, wenn die Brüder ihn nicht quälen, wenn der betäubende Nebel in der Höhle ihres Vaters sie einlullt und in Schlaf versenkt. Elendes Leben, denkt Morpheus, zwei plumpe Brüder, die mich mit Haß verfolgen, ein Vater, der ewig schläft und schnarcht und grunzt, und kostbar sind hier nur die Farben dieser Tiere, kapriziöse Insekten, die reicher sind, als ich es bin mit weißem Gewand und rotem Mohn.

Doch ist die Ruhe nicht von Dauer, denn feixend wälzen und kriechen sie heran, die häßlichen, die schadenfrohen Brüder, und laden ihn vor Hypnos.

Wer hat ihn geweckt? fragt Morpheus verwundert. Hämisch und neidvoll grinsen die beiden. Du hättest sein dickes Kinn, sagt Phantasos, die haltlosen Augen, sagt Icelos, sehen sollen, als sie hereinkam mit ihrem Gewand, das so hell leuchtet, daß selbst unsere Höhle in Licht getaucht war. Schön, diese Iris, murrt Icelos und klatscht mit dem nackten Fuß auf den feuchten Boden, während Phantasos die dicken Riemen seiner groben Sandalen zurechtschiebt. Schön, höhnt Morpheus, was versteht ihr denn von Schönheit! Leuchtend ihr Gewand? Weiß leuchtend? Und welches weiß? Wie Milch, wie Schnee, wie Meeresschaum? Der Faltenwurf? Und wie trug sie ihr Haar? Bekränzt? Mit Lorbeer? Blumen?

Was redest du von Kleidern? raunzt Icelos. Ihre Gestalt, darauf kommt es an. Gestalt, höhnt Morpheus zum Klumpen Phantasos, das ist euer Sachverstand, wie man sieht. Laß nur, beruhigt Icelos den Phantasos, der wütend hochfährt, wirst sehen, wie ihm der Befehl vom Vater schmeckt. Befehl des Vaters? fragt Morpheus und sieht sich schon in schillernden Gewändern, duftend, einem König Nachricht bringen, verkleidet

als sein Sohn, einen Kranz im lockigen Haar, summt
Morpheus und versucht, auf der Stelle tänzelnd ein un-
sichtbares Gewand in Falten zu legen, aber die boshaften Grimassen seiner Brüder lassen ihn innehalten.
Wirst ja sehen, kreischt Icelos als magere Krähe und
setzt sich auf Morpheus' Schulter, hopp, galopp zum
Vater. Aufgebracht schüttelt Morpheus ihn ab und
läuft zu Hypnos.

Iris ist schon fort, schleunigst davon, um nicht im
schläfrigen Nebel der Höhle einzuschlafen, während
Hypnos mit halbgeschlossenen Augen den Arm aus-
streckt, um im Schwarm der Träume Morpheus wach-
zurütteln, dort, zwischen seinen Brüdern müßte er
hingestreckt schlafen. Ärgerlich über die lange Störung
sucht Hypnos, und wie oft schon fehlen die drei, die
mißratenen Kinder Hypnos', die es vorziehen, wach
zu sein, ärgerlich überfliegen die schlaftrunkenen Augen die nichtige Schar der anderen Träume, als Morpheus atemlos vom schnellen Lauf in die Höhle tritt.
Meine Söhne sollen das sein, wundert sich Hypnos ge-
quält. Ich der Schlaf und sie die Träume, geht es ihm
durch den Kopf, der ihm schon wieder auf die Brust
sinkt, warum sollten sie schlafen? Und ergeben winkt
er Morpheus zu sich, um ihm Junos Befehl, den Iris
überbracht hat, auszurichten.

Morpheus schwebt alsbald mit geräuschlos gleitenden
Flügeln hin durch die Nacht und gelangt nach kurz
nur dauernder Weile in die hämonische Stadt, und vom
Leib ablegend die Schwingen, nimmt er Ceyx' Gestalt
und steht in der trügenden Bildung, ganz wie ein Toter
zu sehn, vor der armen Alcyone Lager, leichenblaß,

ohn alles Gewand. Feucht scheint des Mannes Bart und reichliche Flut zu entströmen dem triefenden Haupthaar.

Ich habe es satt. Morpheus reibt sich so fest mit Tüchern, als müßte er seinen Zorn zermalmen. Die Locken verfilzt, den Bart kann er immerhin abschneiden, schaudernd sieht er die grünen Algen, die mit zu Boden fallen, und mit Widerwillen betrachtet er die Beine, auf die er so stolz ist, und jetzt sind sie bläßlich und mager wie der eingefallene Brustkorb. Einen Tag später, und du hättest als aufgequollene Wasserleiche erscheinen müssen, feixt Icelos. Den Tränen nahe ballt Morpheus die Faust, doch Icelos ist als flinker Fisch im Bach verschwunden.

Ich habe es satt, mit diesem Ruf stürmt Morpheus in Hypnos' Höhle und ruft so laut, daß er seinen über die Grobheit entsetzten Vater aufjagt. Junos Befehl ist ausgeführt, sagt er in das schlaftrunkene Gesicht, und ich bin es leid, für solche Verkleidungen herhalten zu müssen. Dann ziehe ich es vor zu schlafen, meinethalben zweitausend Jahre. Vielleicht habe ich Glück und wache erst wieder auf, wenn den Göttern bessere Verwendung einfällt, als mich zum Schreckgespenst eines Ertrunkenen zu machen, damit seine unglückliche Frau sich zu ertränken versucht und schließlich zum Vogel wird. Ist das Vergnügen billiger als meines, das sich auf Schönheit, reiche Kleider, auf Anmut richtet? Verlang nicht wieder, daß ich mich in häßlicher Nacktheit zum Gespött meiner Brüder mache, die mich quälen! Laß mich schlafen. Zweitausend Jahre, von mir aus, vielleicht lernen die beiden bis dahin, Anmut zu

schätzen, oder es gibt wenigstens neue Stoffe, neue
Schnitte. Morpheus streckt Hypnos seine Ledersanda-
len entgegen: Anderes Schuhwerk für mich als immer
nur Sandalen! Längst hält Hypnos sich die Ohren zu.
Selbst der mit Dunkel verwobene Nebel dämpft die
laute Stimme Morpheus' nicht, und angestrengt preßt
er die Augen zu. Hörst du, Vater, beharrt Morpheus
und blickt zum Höhleneingang, wo sich Icelos und
Phantasos krümmen vor Lachen, die Sandalen abstrei-
fen und damit winken wie mit großen Fahnen. Müh-
sam wuchtet Hypnos sich hoch, reibt sich gepeinigt
die dicken Augenlider, dann schlaf von mir aus, don-
nert er, schlaf so lange, bis es Schuhe gibt, die so affek-
tiert sind wie dein hochmütiges Geschwätz, schlaf,
Icelos und Phantasos werden deine Aufgaben über-
nehmen, schlaf, wenn du nur endlich ruhig bist. Und
wirklich steht Hypnos schwerfällig auf, entsetzt stie-
ben die Träume auseinander, vor Schreck wird Icelos
zu einem winzigen Wurm, Phantasos zu einem kleinen
Erdklumpen, in dem sich der Bruder versteckt. Noch
nie hat jemand gesehen, daß Hypnos sich erhebt, und
ungeschickt wankt er schlaftrunken umher, pflückt
reichlich Mohn, Kräuter für einschläfernden Milch-
saft, befiehlt Morpheus, all das zu schlucken, und flößt
ihm einen großen Becher lethäischen Wassers ein. Als
Hypnos zu seinem Lager zurückkehrt – selbst Iris
würde es jetzt nicht gelingen, ihn auf Junos Geheiß zu
wecken –, liegt Morpheus schon in betäubtem Schlummer. Und mit Gemurmel die Welle gleitet und wiegt
in Schlaf mit dem Hall eintöniger Steinchen. Stille
herrscht wieder.

Die Jahrhunderte vergehen, und in Europa verfallen Geschmack und Eleganz, kaum scheint noch Hoffnung für einen Schuh, der Hypnos' Richtspruch genügt, ein Schuh des Hochmuts, der Morpheus aus seinem Schlummer weckte, bis im Mittelalter anmaßende Eitelkeit einen Schuh schafft, der die gottgegebenen Maße des Menschen übermütig mißachtet. Morpheus' Schuh ist es, da er die Gestalt verändert, die Form des Fußes ändert, den Menschen sich selbst unähnlich macht, und die Veränderung der menschlichen Gestalt ist nicht mehr Botendienst für Juno – häßlich aufgedunsen als Ertrunkener mit triefendem Haupthaar –, sondern Übermut und Luxus. Aufruhr gegen ein Ebenbild, das die immer gleiche Natur heiligt, der Macht verhaßt, die den Menschen unters Joch der faden Ähnlichkeiten zwingen will. Verboten wird der Schnabelschuh durch ein Dekret, gegeißelt als Todsünde Superbia. Doch hochfahrende Eitelkeit, oder ist sie verspielt?, trägt leichtfüßig und elegant den Sieg davon, und Morpheus erwacht beglückt.

Zufrieden blickt er an sich hinunter, ein Wams aus Seide, ein Hemd, das Brokatmotive schmücken, die Schoßjacke mit ihren geschlitzten Ärmeln. Das Blau der Beinlinge könnte dunkler sein, überlegt er, tiefblau, ein See, dessen Grund man kaum ahnt. Dunkel und schillernd wie die Libelle. Er streckt das Bein aus, ja, enganliegende Beinlinge, schadenfroh stellt er sich Icelos vor mit seinen kurzen, dicken Oberschenkeln. Auf dem Tisch vor ihm liegt eine Kappe mit langem Flor, daneben eine zweite aus Bärenfell mit weißen Straußenfedern. Ich muß sie säubern, denkt Morpheus und murmelt wohlig vor sich hin: Straußenfedern zu reinigen, schabe man venezianische Seife und löse sie in Regenwasser auf. Sein Auftritt als ertrunkener Ceyx fällt ihm ein, es schüttelt ihn. Was für ein Vogel es wohl sein mag? Macht er auf ihn Jagd, wenn er mit seinen Freunden, mit Hunden und Falknern auszieht? Nein, beschließt er bei sich, es waren doch Meeresvögel. Schaudernd denkt er an den nassen Bart, die grünen Algen. Grün, sagt er, rote Beinlinge und grüne Schnabelschuhe. Er lacht in sich hinein. Schuhe, so albern wie mein Geschwätz, ihr Schnabelschuhe, habt ihr gehört? Ein Fluch sollte es sein, und ich bin der einzige, der, ausgeruht nach zweitausend Jahren Schlaf, glücklich lebt. Triumphierend nimmt er die Spitzen seiner Schuhe ab und schwenkt sie in der Luft. Die Götter verschwunden, Hypnos nichts weiter als der immer gleiche Schlaf, Icelos vergessen und Phantasos, mein lieber Bruder, konntest wohl Sandalen schwenken, jetzt bist du es, den man mit allen Hirngespinsten nennt. Er streicht über Samt, geht zu einer Truhe und nimmt einen bestickten Rock, die Schoßjacke mit Zierärmeln heraus. Eitler Tand, meinetwegen. Besser doch Eitelkeit als schwere Träume. Er nimmt den Haarreif vom Kopf. O guter Vater Hypnos, dein Zorn war ganz umsonst, wenn du mich denn bestrafen wolltest. Als der Diener ihm meldet, ein Kupferstecher verlange ihn zu sprechen, winkt Morpheus ihn herein. Ob er als Vorbild dienen wolle für eine Skizze, die er zu einem Stich, Der Jüngling und der Tod, benötige? Er habe seine Schönheit rühmen hören, sagt der Künstler, und wirklich, er mustert ihn beifällig, zu Recht. Morpheus lacht. Mein Vergnügen, sagt Morpheus und hebt die Schnabelschuhe hoch, wenn du mir die Schuhe deutlich zeigst, die meinen Totenschlaf besiegt haben!

Mnemon

Sie bewachen mich auf Schritt und Tritt. Hätte ich den Mund gehalten, dann wäre jetzt alles erledigt.

Manchmal bleiben sie zurück, wenn ich mich umsehe, dann scheint es, als wäre ich allein, aber ich habe herausgefunden, daß das nicht stimmt. Sie halten sich versteckt, lauern hinter einem Haus, hinter einer Sanddüne.

Die Sätze marschieren wie Armeen durch meinen Kopf. Oh, man lernt es gut, nichts zu vergessen, nichts auszuplaudern, nicht einen Satz.

Neulich fanden sie einen Jungen, fast noch ein Kind, der begabt schien, die Ausbildung mit allen Strapazen auf sich zu nehmen. Als ich davon hörte, mich dazwischenwerfen wollte, da stürzten sie sich auf mich, schleppten mich davon. Es war zum Lachen. Sie hätten mich gerne verprügelt, aber natürlich haben sie sich nicht getraut. Ein früherer Klient stürzte herbei, rannte einen der Wächter um und stellte sich schützend vor mich: Wenn ihr seinem Kopf Schaden zufügt, dann bringe ich euch um! Ich mußte lachen. Er hatte zu lange prozessiert, bis die Grenzen seines Besitzes festgelegt waren.

Es gibt einen Engpaß. In den letzten zwei, drei Jahren wollte keiner den Beruf des Mnemon ergreifen, keiner wollte ein professioneller Merker sein; nicht wegen der quälenden Mühe, die keiner kennt, solange er diesen Beruf nicht ausübt, sondern weil vor drei Jahren zwei von uns umgebracht wurden. Wie dumm! Es war leicht genug, die Mörder aufzuspüren, man mußte nur herausfinden, welchen Streitfall die beiden archiviert hatten. Die ängstlichen Klienten hätten natürlich am liebsten gleich drei oder vier Merker, aber so viele Mnemones gibt es nicht, deswegen bleibt ihnen nichts als vollständiges Vertrauen. Vertrauen! Ich habe zu viele häßliche Streitereien, zu viele Gemeinheiten gehört, als daß ich jemandem vertrauen wollte.

Im Kopf eines einzigen Menschen die Entscheidung über ein persönliches Leben, über Hab und Gut – kein Wunder, daß man im allgemeinen ängstlich bemüht ist, uns bei Laune zu halten. Die Behörden jedenfalls zahlen nicht nur, sondern lassen sich hin und wieder besondere Vergünstigungen einfallen; Privatleute setzen sich natürlich leicht dem Verdacht aus, uns bestechen zu wollen.

Uns! Wenige sind wir, und ich halte mich von den anderen fern, seit ich es nicht mehr ertrage, die Sätze, die wie heimliche Armeen durch den Kopf marschieren, längst Tod und Verderben geplant haben, Kriegstrommeln, wie Kriegstrommeln im Kopf. Ich hielte mich von den anderen fern? – das Umgekehrte ist richtiger. Sie haben Angst, sich anzustecken, sehen mein schmales, bleiches Gesicht, starren mich an, als sähen sie auch die unablässigen Schritte der Sätze und Satzfetzen hinter meiner Stirn, und weichen aus, meiden mich, wo sie können.

Sätze im Kopf und Blicke von außen. Seit sie mich beobachten, spüre ich unablässig jemandes Augen auf
mir.

Eine Fehlsteuerung, hat mein alter Lehrer besorgt
gesagt. Denn natürlich bin ich ebenso frei wie jeder
andere Mensch, über Privates zu plaudern, die
Schweigepflicht erstreckt sich lediglich auf das, was
ich von Berufs wegen erfahre: Und auch nur das muß
ich mir unbedingt merken, nur diese Sätze muß ich
mir einprägen, und wie ich es von meinem Lehrer
gelernt habe, verbinde ich sie mit Bildern, die lebhaft
genug sind, eindringlich genug, um sie unauslöschlich
zu speichern. Bilder und Sätze, Landschaften für die
Grenzziehungen, mit auffällig geformten Bäumen und
Felsen etwa, Szenen von Mißgunst und Geiz für Strei-
tigkeiten, haßerfüllte Brüder, das verzerrte Gesicht
eines Ehemannes, der seine Frau umzubringen versucht.

Die Bilder, habe ich erklärt, wenn ich gefragt wurde,
verbinde ich mit Sätzen, mit dem Wortlaut eines Ge-
richtsurteils oder eines Privatvertrages. Ich vermeide
es, darüber zu sprechen. Natürlich würde es mir nicht
helfen, meinen Beruf aufzugeben, zunächst einmal jedenfalls würde es mir nicht helfen; es bliebe ja alles in
meinem Kopf, jedes Bild und jeder Satz, wie sollte ich
es denn löschen. Eine Fehlsteuerung, hat mein alter
Lehrer gesagt. Denn es sind nicht die drastischen Bilder, die mich quälen, nicht die Sätze, die gesagt und
wiederholt werden, damit ich, der Mnemon, sie mir
merke. Es sind Kleinigkeiten. Die Handbewegung, mit
der ein Klient sich an den Hals faßt, ihn knetet, als

wollte er ersticken. Das Husten eines anderen. Der Blick, mit dem ein alternder Mann seine Schwiegertochter anschaut, ein zurückhaltender Blick, mit dem er sein Altern begreift und hinnimmt. Eine junge Frau, die einen Wasserkrug trägt und lächelt.

Ich habe es meinem Lehrer gesagt. Er ist nie wieder darauf zu sprechen gekommen. Er hat mich gezwungen, zu jedem Geschichtenerzähler, jedem Rhapsoden zu gehen, mich gezwungen, mehr und mehr auswendig zu lernen; ich habe fast unablässig gearbeitet, vor mich hingemurmelt, mir die Bilder vorgestellt, das hölzerne Pferd, den Schweinehirten, Telemach bei Menelaos, die Abstammung der Götter, die Namen der Nymphen. Ich bin zu alt herumzulaufen, höre du für mich zu, lerne es auswendig, das kannst du doch, sage es mir morgen.

Eine Fehlsteuerung, wiederholte er bei unserer letzten Begegnung, ich wußte, daß ich dir nicht helfen kann, nichts tun kann, als dich zwingen, unablässig weiterzulernen. Was?! fuhr ich hoch. Du hast dein Alter nur vorgeschoben, um mich zum Weiterlernen zu zwingen? Für nichts? Ich wußte, daß ich dir nicht helfen kann, wiederholte er. Was du jetzt tun wirst? – ich wünschte, ich könnte dich mitnehmen. Wohin reist du? fragte ich. Er schüttelte den Kopf.

Am nächsten Tag meldeten sie seinen Tod.

Es dauerte nicht lang, bis mir deutlich wurde, was er gemeint hatte.

Ich habe nie darüber nachgedacht, was es heißt, sich alles zu merken. Es ist mein Beruf.

Die Abende, die ich bei Rhapsoden, in Theatern ver-

bracht hatte, waren leer. Die anderen Abende ver-
brachte ich bei ihm, um aus dem Gedächtnis zu wie-
derholen, was ich gehört hatte.

Was ich gehört habe. Was ich gesehen habe.

Man trainiert das Gedächtnis darauf, Bilder zu finden,
die sich gut speichern lassen. Man lernt es, sich kleine
Szenen – ein Mann, der im Eingang eines Hauses steht
und einem Jungen hinterherschaut, ein Mann, der einen Stein aufhebt, um ihn nach einem Hund zu schleu-
dern – einzuprägen, als Bild, um ein anderes Bild zu
erfinden.

Ein Wachsblock, dem ein Siegelring nach dem anderen
eingeprägt wird. Ein Wachsblock, der nicht geschmol-
zen wird, sondern obenhin geglättet, so daß der vorige
Eindruck in einer tieferen Schicht erhalten bleibt.
Mürbe das Wachs, mürbe und unermüdlich.

Der Milchkrug auf einem Tisch, ein Tropfen, auf hal-
ber Höhe hängengeblieben wie geronnenes Blut. Eine
alte Vettel, die zeternd ein Kind vom Hof jagt. Die
Grenze diesseits oder jenseits des kleinen Olivenhains.
Auf dem Weg dorthin junge Frauen, die zum Bach gehen, um sich zu waschen. Ein Händler mit Salben auf
dem Weg zurück. Ein Hirte. Ein Bettler, der ein halbes
Brot hastig in seinem Ranzen verstaut.

Die kurzen Rufe: Wohin des Wegs? Dir steht nicht zu,
derart von ihm zu reden. Mit Lug und Trug gerettet.
Was für ein Fremder. Kein Daimon weiß es. So höre
doch.

Die Satzfetzen der Vorübergehenden. Mir kein Übel-
wollen komme. Nachtgesicht nicht recht. Lebend in
vergrabener Kammer. Hat Dike auf ihn hingeblickt.

Mit Gold geschmücktes Haus. Vor den Toren soll er sein Haupt zerschellen.

Streit um eine Kriegsbeute. Streit um ein Erbe. Streit zwischen Schwiegereltern und Ehemann. Zwischen Eheleuten. Streit um einen Sklaven. Streit um ein verlorenes Rind. Streit um einen Erschlagenen.
Streit mit einem Gastfreund. Streit um einen Kampfwagen. Streit zwischen Handwerkern oder Händlern.

Schon bevor ich aufgewacht bin, die Bilder im Kopf und die Sätze. Wenn ich auf dem Rücken liege, ausgestreckt, daß der Hinterkopf auf dem Holz aufliegt, dann scheinen wie Ameisen die Sätze ungerührt durch dieses kleine Stück des Kopfes zu wandern. Es kommt mir vor, als müßte ich es spüren, ein schmaler Tunnel. Oder ein Heuschreckenschwarm. Oder die Toten im Schattenreich, wenn Odysseus kommt und die schwarzen Hammel schlachtet und sie sich ums frische Blut drängen und trinken und trinken. Oder die Tiere, die früher Menschen waren und nicht mehr sprechen können, und ihre Wörter, all das Ungesagte in meinem Kopf. Oder die Vögel nach einer Schlacht und die anderen gierigen Tiere und Fliegenschwärme. Oder die Soldaten bei Aufbruch aus ihrem Lager. Oder die Klageweiber.

Trinke Wein. Trink mit uns. Hier, nimm den Krug. Setz dich zu uns. Trinke doch. Tritt ans Feuer und trink, bis der Wein die Glieder löst. Bis der Schlaf die Glieder löst. Vom honigsüßen Wein. Bis du im Schlaf die Kümmernisse vergißt. Bette dich nur zur Ruhe. Trinke mit uns, wir werden dir am Feuer ein Lager bereiten. Bis du schläfst. Bis dir Schlaf auf die Augenlider fällt, ein unerwecklicher, süßer, dem Tod am nächsten. Bis der Schlaf dich bezwingt.

Der Kummer um seinen Lehrer. Unmäßige Trauer. Schaut, wie er vor sich hinmurmelt. Er wird doch nicht private Dinge ausplaudern? Private Verträge? Die Geheimnisse der Versammlung? Was murmelt er die ganze Zeit vor sich hin? Habt ihr gesehen, wie er unablässig die Lippen bewegt?

Das Landhaus meiner Eltern. Ihr Haus in der Stadt. Das Haus meiner Schwester und ihres Mannes. Das Haus meines Lehrers. Das Haus der Eltern meines Schwagers. Sein Landhaus. Die Häuser der Klienten. Der Palast. Die Tempel. Tempel der Athene. Tempel des Apoll. Tempel.
Es ist gut, viele verschiedene Häuser und Tempel zu sehen, wenn du sie nur genau auseinanderhältst. Du weißt, das beste ist es, das, was du dir merken willst, auf verschiedene Orte zu verteilen. Wenn du nicht genug wirkliche Orte kennst, dann erfinde dir zusätzliche.

Die Paläste, die ich mir ausgedacht habe. Die Tempel, die ich mir ausgedacht habe, und die Häuser. In der ersten Unterrichtsstunde hat mein Lehrer es mir beigebracht: Das erste sind die Orte.

Wenn ich mich hinlege, den Kopf aufstütze, wenn ich die Augen schließe, dann wird es ruhig sein. Wenn ich den Kopf hinbette, der Kopf ruhig liegt, die Augen geschlossen, der Kopf auf dem Holz oder einem Leintuch, und dunkle Nacht. Die Sätze werden langsamer, die Verse, die genauen Formulierungen, die Sätze werden langsamer; Bilder, wie ein Vogelschwarm sich in Bäumen niederläßt oder über dem Meer verschwindet. Vom Einbruch der Nacht und bis am Morgen die rosenfingrige Eos ... und die Sätze werden langsamer wie müde Schritte oder wie Schritte, die sich entfernen, oder wie Trommeln, die verstummen. Die Augen geschlossen und sowieso dunkel, mondlose Nacht und kein Feuer zu sehen und keine Fackeln. Denn jeder versteht, daß man Dinge sieht, wenn man die Augen geöffnet hat, und was vor den Augen liegt, das sieht man, wenn man die Augen darauf richtet oder etwas sonstwie im Blickfeld ist.
Aber was man sich merkt, das bleibt im Kopf oder im Herz oder in der Seele, wie ein Siegelring seinen Abdruck im weichen Wachs hinterläßt. Auch die Füße von Menschen oder Tieren im Sand. Und der Wachsabdruck ist nicht golden wie der Siegelring, und im Sand nicht der Fuß eines Menschen oder eines Tieres, sondern nur die Spur davon, nur Abbilder, von denen

man nicht weiß, was sie sind, und die Sätze nichts anderes als Luft, die bewegt wird, bewegter Mund, der Luft bewegt, Atem, der Luft ist und Feuchtigkeit. Vorher? Die Sätze im Kopf? Nichts anderes als die Abbilder. Aber die Formulierungen? Laß. Laß das.

Habt ihr gesehen, wie er unablässig die Lippen bewegt? Vor sich hinmurmelt?

Am Meer, dachte ich, auf den Klippen, die das Meer überblicken, wenn es an windstillen Tagen ganz bewegungslos scheint, eine unbewegte, unendliche Fläche ohne Zeichen und ohne Orte, so daß die Augen leer bleiben, und allmählich würden die Bilder verschwinden.
Sie dachten, ich wollte mich hinunterstürzen; einer sah mich und rief andere, er schickt die Hand nach seiner Seele aus.
Oh, es würde ihnen nichts ausgemacht haben, sie würden um mich trauern und mich bestatten und würden meine Familie benachrichtigen, die Eltern, die Schwester, den Schwager und seine Eltern, alles in guter Ordnung, würden nicht daran gedacht haben einzugreifen, ein junger Mann, der Hand an sich zu legen droht, sein gutes Recht, zweifellos sein gutes Recht, würden es nicht bemerkt haben; wurde an den Klippen überm Meer gesehen, warum nicht?

Es kränkt mich nicht. Vielleicht haben sie recht. Wer den Beruf des Mnemon ergreift, wer ein Merker sein will, der gehört nicht sich selbst, weder Seele noch Körper, es sei denn, ein anderer lernt, was er gespeichert hat. Urteile. Grenzziehungen. Gerichtsentscheide. Verträge. Abkommen. Die genauen Formulierungen. Jeden einzelnen Satz. Jeden Satz und Wort für Wort. Er wird sich umbringen, ohne auch nur ein Urteil weitergegeben zu haben. Ich täte es gerne, wäre da ein anderer Mnemon, der die notwendigen Kapazitäten frei hat. Die Mordgeschichte ist schuld. Du bist schuld, hat der Mnemon Laon mir gesagt. Welcher Junge, der dich durch die Straßen hat hetzen sehen wie von Dämonen gejagt, wollte diesen Beruf erlernen? Er hat einen Leberfleck auf der linken Wange, gerade in der Mitte. Seine Fingernägel sind immer schmutzig. Wer sollte dich ersetzen und in kurzer Zeit? Drei geübte Mnemonen hätten genug an dem, was du dir mit Leichtigkeit gemerkt hast! Zuviel des Guten, was du getan hast, höhnte er.

Wahrscheinlich teilen sie sich die Kosten für die Wachen. Kein Schritt, den ich unbeobachtet tue, selbst nachts umschleichen sie das Haus; ein Versuch, hat Laon mich gewarnt, und sie sperren dich ein. Ich könnte auch krank werden und alles vergessen, schrie ich. Das glaubst du selber nicht. Sie würden schon verstehen, alles aus dir herauszukratzen, bevor du in Umnachtung krepierst.

Wenn ich mich bewege, dachte ich eine Weile, wird mir

das Erleichterung schaffen. Wenn ich unbeweglich sitze, dachte ich, wird es leichter sein. Versuche, dich abzulenken, mit Frauen, mit Knaben, was immer du wünschst. Der Klient zeigte mir einen gutgefüllten Geldbeutel.

Nicht nur die Sätze, Formulierungen, die Wörter, sondern die Bilder, selbst diejenigen, die ich mir lediglich eingeprägt habe, um sie zu benutzen, komplizierte Sachverhalte klar geordnet zu verteilen und geordnet wieder abrufen zu können, die Orte, Räume, die Zimmer, Höfe und Säulenhallen. Ich schließe die Augen und bin im Heiligtum der Athene, sehe jede Statue, jeden Pfeiler, deutlich vor mir das Fries, Reiterfiguren, zwei Knaben, von denen einer sich umwendet, dem anderen zuruft. Die Schlafkammer im Haus meiner Eltern. Ihr Landhaus. Wie kann ich gleichzeitig an zwei Orten sein, ohne mich von der Stelle zu rühren? Wie finden all die Orte Platz in meinem Kopf? Ich schließe die Augen und bin mitten im Zimmer, lehne an der Stirnwand, sitze im Haus meines Lehrers auf einem Schemel, in seiner Hand ein Weinkrug.
Sie fragen mich, ob es etwas Entsetzliches sei, das mich quält, ein Schreckensbild, eine Greueltat, etwas, das ich gehört oder auch selbst gesehen habe.
Ohne mich zu bewegt zu haben, bin ich in einem anderen Zimmer.
In derselben Minute desselben Tages liege ich drei Jahre zuvor auf der Lagerstatt im Haus meines Schwagers und warte darauf, daß der Streit im Hof ver-

stummt; zwei Dienstmägde und die Stimme meiner Schwester.

Vor fünf Jahren das Wolltuch, das meine Mutter gekauft hat, um mir einen Mantel zu nähen.

Ihr Gesicht, als man ihr überbringt, meine Schwester habe entbunden. Ihr Gesicht, als man überbringt, ihr Enkel sei gestorben.

Die Hände eines Mannes, als man ihm die Ermordung eines Widersachers berichtet.

Die Hände eines anderen Mannes, als ein Bote meldet, seine Rinderherde sei vom Blitz erschlagen.

Der bunte Mantel, mit dem mein Lehrer mich zugedeckt hat, wenn es spät wurde und ich bei ihm schlief. Die Mischkrüge in meinem Elternhaus. Die Töpfchen mit den Salben.

Nein, nichts Schreckliches, keine Greueltat. Aber sagt, erklärt mir doch, wie all die Gegenstände Platz finden im Kopf und die Sätze, mehrere Häuser, ein Marktplatz, Tempel, die Gerätschaften und die Gesichter. Und all die Sätze und genauen Formulierungen.

Zunächst noch Erleichterung, wenn ich gerufen wurde, die Entscheidung eines Streitfalles lernte, die Markierungen einer Grenze memorierte. Es fällt mir leicht wie eh und je. Keine Störungen, keine Ausfälle.

In letzter Zeit habe ich sehr viel weniger Arbeit. Nicht, daß man meinem Gedächtnis mißtraut. Aber was, wenn er sich tötet? sagen sie, wie Laon mir hintertragen hat. Sie wollen sich nicht an deiner Bewachung beteilign müssen, sagt Laon leichthin und weist auf einen Mann, der an einer Hausecke lehnt.

Und die Sätze. Die Wörter. Jeder Satz. Die Formulierungen.
Vieles davon für niemandes Ohren bestimmt.
Eine Zeitlang glaubte ich, es würde mir helfen, wenn ich laut sagte, was sich durch den Kopf wälzte, wenn ich gesprochen hätte, wo Sätze im Kopf waren, glaubte, das Schweigegebot habe gewissermaßen eine zu große Dichte und Enge hervorgerufen, und deswegen halfen mir die Zusammenkünfte mit meinem Lehrer, der mich anhielt, Epen und Gedichte für ihn auswendig zu behalten, um sie ihm vorzutragen. Er selbst sei zu alt, selbst den Rhapsoden zuzuhören, behauptete er. Und mir tat es gut, die Geschichten mit meinen eigenen Bildern ausschmücken, das Gesicht Odysseus', als er seinen Sohn Telemachos erkennt, mit den Zügen meines Vater versehen.
Doch auch das Ausgesprochene bleibt in meinem Gedächtnis, als sei für jedes Bild der Wachsblock Stein, als würde der Abdruck des goldenen Siegelrings selbst Gold, unzerstörbar, härter noch als Gold. Als wäre in mir die Sache selbst und nicht bloß ihr Abbild.
Nein, ich kann es nicht erklären. Hörst du, als wäre der Kopf von innen größer als von außen, sage ich Laon. Laon, der als einziger von den Mnemones mit mir spricht, sei es, weil er Schüler desselben Lehrers ist, sei es, weil er mit Schadenfreude mein Gesicht beobachtet, nein, zuckt nicht, das nicht, aber etwas in meinem

Gesicht muß den Eindruck hervorrufen, dicht unter der Haut bewege sich etwas, Ameisen, die unter einem Leintuch in unabsehbarer Reihe entlangkriechen oder ausschwärmen, kein Mienenspiel, eher das letzte Zucken eines kleinen Wildes, eines Hasen etwa, den der Jäger schon in einen Sack gesteckt hat, nicht wirklich Bewegung, sondern bloß noch der Anschein davon.

Wenn ich bemerke, wie Leute mein Gesicht betrachten, dann fasse ich unwillkürlich nach meiner Stirn, meinen Wangen, der Mundpartie, jedesmal gewärtig, ekelhafte Tierchen zu berühren, die Bewegungen der Sätze überall in meinem Kopf zu berühren, als hätten sie sich ausgebreitet, den Teil des Schädels gesprengt, in dem sie ihren Sitz haben sollten, als wälzten sie sich wie flüssige Lava an die äußerste Grenze der Knochen, drängten, wo keine Knochen sind, gegen die Haut. Wenn ich mich hinlege, den Kopf auf dem Erdboden, so wünsche ich, es wäre die Erde, die bebt, und ich hörte ihr Grollen, das Grollen eines unterirdischen Gottes, hörte, wie Gaia, die Erdmutter, sich im Schlaf herumwälzt. Wie Trommeln, Trommler, die sich zu einem großen und dicht geschlossenen Ring aufgestellt haben. Und ich stürze auf einen der Bewacher zu, schüttele ihn an den Schultern, hört ihr es denn nicht?

Sie werden mich nicht aus den Augen lassen, und würden ihre Blicke die Bilder und Sätze in meinem Kopf aufsaugen wie ein Tuch verschütteten Wein, so wäre ich ihnen dankbar. Aber es ist einsam unter diesen Blicken und laut. Nie sprechen sie mich an.

Es sind die Bilder im Kopf, und man möchte glauben, sie seien Zeichen für etwas. Sätze im Kopf, und ich will gerne glauben, sie sagten etwas. Die Sätze sagen Sätze, und Bilder zeigen, was sie sind; eine ganze Welt, ein Bruchstück Welt – aber wie kommt sie in den Kopf hinein?
Der Kopf ist nicht dazu gemacht, möchte ich meinem Lehrer sagen, denn die Dinge kreisen als lauter Teilchen in sich selbst und sind mit sich zufrieden, haben kein Gewicht aus sich heraus. Aber was hineingerät in den Kopf, sei es Zeichen, sei es Schatten, das will sich ein Gewicht zulegen und nimmt es aus meiner Seele, was hineingerät in den Kopf, will leben und stiehlt es von mir, und ich, ich bin nichts als ein Spinnennetz am falschen Ort und fange, was sich im Netz fängt.

Ja, vielleicht wäre es anders gekommen, hätte ich nicht nur gelernt zu schweigen, sondern auch zu sprechen. Vielleicht begreife ich es jetzt: nicht darum geht es zu sagen, was sich im Kopf sagt und zeigt, sondern um das laute Sprechen selbst, die Bewegung der feuchten Luft, die einmal Atem war, ein ziseliertes Gespinst aus Klang und Geräusch, vergleichbar dem feinen Netzwerk, mit dem Hephaistos Aphrodite und Ares gefangen hat: Häßlichkeit und Schönheit und Kraft und das Gelächter der Götter: eine Geschichte.

Natürlich ist das nicht der Beruf, in dem man lernt, eine Geschichte zu erzählen. Eine Geschichte auszuschmücken. Lügengeschichten zu erfinden. Nicht der Beruf, in dem man lacht oder andere zum Lachen bringt.

Was man lernt: die Aufteilung von Besitz. Grenzverlauf. Rinderherden gegen Schafe. Streitwagen gegen Sklaven. Was man lernt: das eine gegen das andere. Der eine gegen den anderen.

Bilder und Sätze, die starr sind wie die Gesichter derjenigen, die vor dem Schiedsgericht gegeneinander antreten.

Die Luft, die man einatmet. Die Luft, die ich in starren Klümpchen wie geronnenes Blut ausatme, in der sich die Vögel mit ihren Flügeln verfangen oder wie Steine zu Boden zu stürzen.

Die Töne nicht länger bewegte Luft, sondern die versteinten Abbilder der Dinge, die ich mir eingeprägt habe. Rasselnd der Atem wie der eines Lungenkranken.

Ich bin aufgewacht und hatte geträumt, daß ich die Luft vergifte, vergiftet ausatme.

Es war ein schöner Morgen, ein warmer Frühlingstag und leichter Wind. Als ein paar Kinder vorbeirannten und lachten und schrien, merkte ich es. Ich hörte ihr Geschrei und hörte nicht, was sie sagten. Ein glückliches Lärmen, und für einen Moment war es still in

meinem Kopf. Ich glaubte, jedes einzelne Blatt, das
sich im Wind bewegt, zu hören.

Wie das Knirschen von Knochen zuerst, ein Geräusch,
zu leise, als daß Konzentration es einfangen könnte,
noch kein Geräusch, eher die Ahnung von Erdmassen,
Steinen, die zu rutschen beginnen.
Ich zog den Kopf ein und rannte los.
Nach einigen Metern bemerkte ich die Wächter, die
mir überrascht und bald atemlos folgten, und hinter
den Wächtern johlend die Kinder und hinter den Kin-
dern ein Rudel Hunde.

Die Sätze sind stärker als jedes andere Geräusch, so
wie die Abbilder stärker zu sein scheinen als die Dinge
selbst. Eine Fehlsteuerung, hatte mein Lehrer gesagt.
Die Welt in den Kopf hineingewandert, und blaß, was
draußen bleibt, blaß gegen das unablässige Trommeln,
gegen die unheimlichen Gesellen, die in strengen For-
mationen gegen die Knochenwände anmarschieren.
Gegen die einzelnen Sätze, eine einzige Saite, leiser
Klang zunächst, dann immer lauter und bald ein Dröhnen wie Steinschlag oder Erdbeben. Sätze. All das, was
einer gesagt hat, ist haften geblieben im Gedächtnis
oder mühselig eingeprägt. Sätze, die Bilder sind, und
Bilder, die Sätze hinter sich herschleifen, wie ein Tri-
umphzug die Gefangenen mitschleppt.

Bei den Hunden ein grauer Hirtenhund mit helleren Flecken auf den Flanken, ein schmaler, gebogener Kopf, die Lefzen hochgezogen und weißer Schaum, als er sich streckte, die anderen überholte und neben mir herlief.

Eine Frau, die vom Brunnen kam und lauthals lachte, als sie diesen seltsamen Zug sah.

Laon, der mich tags darauf aufsuchte und spöttisch fragte, ob ich Läufer werden wolle. Dann verzog sein Gesicht sich angeekelt: Du machst uns zum Gespött der Stadt.

Zum Schweigen bringen. Murmele, solange du willst, aber wenn du den Mund aufmachst, werden sie dich zum Schweigen bringen.

Die Sätze zum Schweigen bringen. Die lautlosen Sätze im Kopf. Die Bilder zum Erlöschen bringen. Die Orte auswischen und dem Erdboden gleichmachen.

Ich sah die Augen des Hundes, wie im Wahnsinn glitzernd, eine ungeheure Gier, und der Geifer, der in Flocken von seinem Maul flog, als er mich überholte.

Er ist wahnsinnig geworden, flüstern sie, wenn ich vorübergehe, wartet nur, gleich rennt er los, rennt, sagen sie, er ist besessen, sagen sie und denken an Dämonen, die Rache eines Gottes, denken an Furien, wissen nicht und wollen nicht wissen, daß es ihre Sätze sind, die mich hetzen, ihre Streitereien, Verträge, ihr Land und ihre Häuser und Verwandten und ihr Haß, nichts weiter als Sätze und Bilder und Abbilder, die in meinem Kopf sind, klar voneinander abgesetzt, auf verschiedene Orte verteilt, so deutlich und so laut, daß ich kaum glauben kann, man sähe es nicht, hörte es nicht. Er ist wahnsinnig geworden, flüstern sie, seht nur, wie er vor sich hinmurmelt, unablässig die Lippen bewegt. Aber es ist, was ihr gesagt habt, möchte ich ihnen zurufen, sind eure Sätze ebensogut wie meine! Wie Kriegstrommeln die Sätze in meinem Kopf, geordnete Armeen, die in eine Schlacht ziehen, und wirklich weichen sie, wenn sie mich sehen, zurück, als wäre ich mehr als einer, eine Phalanx von Sätzen, oder die Luft, die ich ausatme, giftige Klümpchen geronnenen Blutes, so daß sie gut daran tun, sich vor meinem Atem zu hüten.

Als ich nicht weit von den Klippen am Strand lag und nicht weit von mir zwei Wächter, da kam aus der Stadt ein Botenjunge gelaufen, und ihm auf den Fersen der Hirtenhund mit seinem schmalen Kopf, helle Flecken auf den Flanken. Der Junge lief zu den beiden, die im Sand lagerten, beugte sich zu ihnen hinunter und schien ihnen etwas zu melden. Sie standen auf, wechselten ein paar Worte, lachten, dann gingen sie mit dem Kind davon.
Ich richtete mich auf, da bemerkte mich der Hund, lief zu mir her, wandte den Kopf nach den anderen, die sich entfernten, zögerte, rannte ihnen nach.

Eine Weile wartete ich, ob die beiden abgelöst würden, stand auf und ging auf die Klippen zu, aber da war keiner und keiner, der mich beobachtete. Einmal noch lief der Hund ein Stück zurück, dann verschwand auch er.

Sie haben mich aufgegeben, schnitt es mir durch den Kopf, und ich taumelte in das stumpfe Dröhnen der Sätze, die sie nicht mehr von mir zu hören verlangen würden; haben dich aufgegeben, zischelte es hämisch, darfst nun alles vergessen, höhnten die Bilder, die sich wie ein eiserner Reif um meinen Kopf schlossen, immer enger zusammenzogen, bis der Kopf selbst nichts war als ein giftiger, bleischwerer Punkt.

Plötzlich war es still. Ich lehnte den Kopf gegen einen Stein. Eine grausame Stille, wenn keiner einen anblickt, nicht in Gedanken und nicht mit Augen. Was ist es? wunderte ich mich und stieß mit dem Kopf leicht an den Stein, und mir war, als müßte er antworten, doch da war keine Stimme und nicht ein einziger Satz.
Ich hatte mich in Bewegung gesetzt, ohne es selbst bemerkt zu haben, kletterte die Klippen hinauf, war schon überm Meer und starrte hinunter. Es war Abend geworden, die Sonne versank. In den Wellen sah ich etwas glitzern – ein Delphin. Ich habe, dachte ich, nie einen Satz auswendig gelernt, in dem ein Delphin vorkommt. Irgendwo muß der Fehler liegen.

Da näherte sich laufend eine Gestalt. Laon rief meinen Namen, lief am Strand entlang und rief meinen Namen. Dann sah auch er den Delphin. Ich beobachtete, wie er stockte, ungläubig stillstand und den Delphin anstarrte, der nahe am Ufer zu spielen schien.

Der Delphin hob sich aus dem Wasser und schnatterte; Laon riß die Arme hoch und gestikulierte aufgeregt, dann drehte er sich um und rannte davon.

Ich hatte einmal gerufen, doch er hörte mich nicht, und als ich plötzlich begriff, daß er glaubte, ich hätte mich in einen Delphin verwandelt, da konnte ich mich kaum halten vor Lachen. Ob ich auch als Delphin alle Sätze im Kopf behalten hätte?

Gleich werden sie kommen, dachte ich ernüchtert und wandte mich zum Gehen, brauchen mich hier nicht antreffen, sollen ruhig glauben, ich hätte mich in einen Delphin verwandelt.

Erst als ich die Klippen hinter mir gelassen hatte, bemerkte ich, daß die Stille weiter anhielt, nur die Geräusche des Windes und leise die Wellen und Stille im Kopf, wunderte ich mich, und dann schmeckte ich das salzige Wasser im Mund, so als wäre ich tatsächlich ein Delphin und lebte im Meer. Tot das quälende Trommeln. Tot das Marschieren der Sätze. Die Bilder verschwunden. Tot die Bilder. Eine unbewegte Fläche im Kopf, wie ich es mir immer gewünscht hatte, glatte Wachsfläche, die unversehrt bleibt, und kein einziger Abdruck darinnen.

Nichts, dachte ich verwundert, als könnte ich etwas

aufzählen, Namen aufzählen, die leeren Flecken der Gestalten aufzählen, die Höhlungen, wo vielfältige Orte gewesen waren, und Tempel, sagte ich vor mich hin. Tempel und die zwei Knaben auf ihren Pferden, der eine wendet sich um und ruft etwas, sagte ich halblaut, und da war die Decke, mit der mein Lehrer mich zugedeckt hat, bunt bestickt. Ja, dachte ich, ein Meer war daraufgestickt und ein Delphin, und habe es nie gesehen.

Jetzt ist es nicht mehr Sand unter den Füßen und auch nicht Stein, und im Kopf eine große lautlose Öde. Als wäre da kein Gewicht, denke ich und tadele mich selbst – niemals, nie Gewicht unter den Füßen, hörst du.

Mit blinden Händen taste ich nach letzten Stimmen, von denen wie ein Echo nur mein Name bleibt, den Laon ruft, noch einmal ruft, bevor er sich abwendet und geht.

Er hat meinen Namen gerufen.

Hat meinen Namen gerufen? Und rufe ich auch?

All die Gesichter und die Namen, die ich wußte.

Jetzt ist der Atem leicht und leer. Durch den Kopf, vielleicht zwischen Mund und Augen, zieht sich ein Faden, wird dünner und verschwindet.

Mir scheint, ich bewege mich müheloser als je. Ein leerer Raum.

Anhang

Ariadne ist die Tochter des Minos und der Pasiphae, die Halbschwester des Minotaurus. Sie soll die Gemahlin des Dionysos gewesen sein, der ihr einen leuchtenden Kranz schenkte. Nachdem der Gott sie verlassen hat, verliebt sie sich in einen Fremden, in Theseus, den Sohn des besiegten Königs Athens. Ihm hilft sie, den Minotaurus zu töten und dem Labyrinth mit Hilfe eines Fadens zu entkommen.
Theseus entführt sie, die ihre Heimat Kreta verraten hat, und läßt sie auf Naxos zurück.

Charon ist der Fährmann, der die ihm zugeführten Toten über die Unterweltsströme an das Tor des Hades bringt. Lebende darf er nicht übersetzen.

Daedalus hat im Auftrag Minos', des Königs von Kreta, der später im Hades Totenrichter ist, das Labyrinth erbaut, in dem Minotaurus gefangen ist. Später wird er selbst von Minos gefangengehalten.

Elpenor ist der jüngste Gefährte des Odysseus, erzählt Homer, und Ovid schreibt: ein Säufer. Als Circe Odysseus rät, in die Unterwelt zu fahren, ruft er die Gefährten zum Aufbruch. Elpenor, im Rausch auf dem Dach eingeschlafen, springt auf, um sich den anderen anzuschließen – er vergißt aber, die Treppe zu nehmen und stürzt vom Dach. So ist er schon in der Unterwelt, als die anderen eintreffen, und fleht Odysseus an, zurückzufahren und ihn zu bestatten.

Minotaurus ist ein Stiermensch, gezeugt von Minos' Gemahlin Pasiphae und einem Stier, den Minos trotz Poseidons Befehl nicht geopfert hat. Er wird im Labyrinth gefangengehalten, wo ihm Jünglinge und Mädchen aus dem von Kreta besiegten Athen zum Fraß vorgeworfen werden, bis Theseus ihn tötet.

Mnemones sind Merker, Staatsnotariats- und Registraturbeamte. Sie sind vor dem Aufkommen der Schriftlichkeit aus den privaten Merkern hervorgegangen und hatten wichtige Akte der Behörden oder Parteien vor dem Vergessenwerden zu schützen. Dieses »lebendige Archiv« wird später durch Schreiber ersetzt.

Morpheus ist ein Sohn Hypnos', des Schlafs, einer der Träume, von denen drei namentlich genannt sind: Morpheus, der in den Träumen der Menschen Menschengestalt annimmt, Icelos, der in Gestalt von Tieren, und Phantasos, der in Gestalt von Bäumen, Pflanzen und Leblosem erscheint. Die Götterbotin Iris überbringt Hypnos den Befehl Junos, es möge Alcyone im Schlaf der Tod ihres Mannes gezeigt werden. Alcyone begreift den Tod Ceyx' und wünscht, selbst zu sterben, nachdem ihr Morpheus als Ertrunkener erschienen ist.

Sisyphos muß in der Unterwelt den Stein wälzen, einen Berg hinauf, von dem er jedesmal wieder hinunterrollt. Die Gründe für diese Strafe sind nicht recht klar. Sterben wollte er nicht: Zunächst fesselte er den Thanatos, bis Hades ihn befreien ließ; dann verbot er seiner Frau, die Totenopfer darzubringen, und erschwindelte sich so Urlaub aus dem Hades, aus dem er nicht zurückkehrte, bis Hermes ihn in die Unterwelt führt.